AF741784

www.ingramcontent.com/pod-product-compliance
Lightning Source LLC
LaVergne TN
LVHW050818051026
849532LV00008B/3023

9789369085163

آسمان

(ناولٹ)

واجدہ تبسم

Aasmaan *(Novelette)*
by: Wajida Tabassum
Edition: July '2025
Publisher :
Taemeer Publications LLC (Michigan, USA / Hyderabad, India)

ISBN 978-93-6908-516-3
9 789369 085163

کتاب	:	**آسمان** (ناولٹ)
مصنفہ	:	**واجدہ تبسم**
صنف	:	فکشن
ناشر	:	تعمیر پبلی کیشنز (حیدرآباد، انڈیا)
سالِ اشاعت	:	۲۰۲۵ء
صفحات	:	۶۰
سرورق ڈیزائن	:	تعمیر ویب ڈیزائن

"پانچ اشرفیاں۔ انگشتری، ہور یہ پھولاں، بڑی آپا کی طرف کے۔"
بڑی پاشا نے حاضرین کی طرف دیکھ کر اعلان کیا ——

"ہور یہ تھالی ممانی جان بھجائے —— اس میں کبی پھولاں نئیں، اشرفیاں تو بھوت دِکھ رئے، ہور ساتھ میں کلائی پو بندھنے کی گھڑی بھی ——"

پھر انھوں نے سامنے کھڑی خادمہ کی طرف نِگاہ کی ——"اب تو کس کی تھالی لائی —— ؟"

خادمہ مارے رُعب کے بات کرنے کی سُدھ ہی کھو بیٹھی۔ اس نے اس طرف اشارہ کر دیا، جدھر بڑے پھوپا اور پھوپی بیٹھے ہوئے تھے۔

ایک ایک خادمہ اور کنیز، خواص آتی گئی، اور ایک ایک تھالی پیش کرتی گئی —— بڑی پاشا مُسکرا مُسکرا کر، نہال ہو ہو کر چھوٹے پاشا کو نہارتی رہیں ان کی گود میں سنہری اشرفیوں، کل دار روپیوں اور حالی سکوں کا ڈھیر اونچا ہوتا

گیا۔ مگر نذریں تھیں کہ ختم ہونے میں ہی نہ آتی تھیں۔

بڑی پاشا کے پیچھے موم جیسے دو ہاتھوں نے چاندی کی ایک تھالی بڑھائی بڑی پاشا نے پیچھے مڑتے ہوئے پوچھا: "یہ تو کس کی . . . . . ." لیکن بات پوری ہونے سے پہلے ہی وہ شیرنی کی طرح دھاڑیں ——

"یہ کون ایسا مبارک موقع پہ اپنے منحوس ماری رانڈ کے ہاتھ سے تھالی بھجائے جی —— کچھ مخل بھی ہے کہ نئیں —— اُجاڑ یہ تو سوچنا کہ کتنا مبارک کام ہونے جا رہا —— ایسی منحوس کی چھاؤں پڑی تو . . . . . ."

تھالی ایک جھناکے کے ساتھ چھوٹ گری —— چھوٹے پاشا نے بری طرح چونک کر سر اُٹھایا۔ ان کی نظریں جدھر اُٹھیں وہیں جم کر رہ گئیں ——

ایک ایسا حسنِ مجسم ان کی آنکھوں کے سامنے تھا کہ مثالوں، تشبیہوں کی دُنیا خجل ہو کر رہ گئی تھی۔ جب وہ بہت چھوٹے سے تھے تو دادی اماں انہیں پریوں کی کہانیاں سُنایا کرتی تھیں۔ آج انہیں یقین ہو گیا کہ پریوں کا کہیں نہ کہیں وجود ضرور ہے۔ سفید لباس، گھیر دار دامن کا سفید کرتا۔ سفید ہی پاجامہ، سفید ہی دوپٹہ —— وہ ہاتھ جن سے ابھی ابھی تھالی چھوٹ کر گری تھی، یونہی پھیلے رہ گئے تھے —— اتنے ملائم اتنے سفید کہ پتہ نہیں چلتا تھا کہ کُرتے کی آستینیں کہاں ختم ہوئی ہیں، اور ہاتھ کہاں سے شروع ہوئے ہیں۔ کافوری لانبی لانبی بے حد نازک اُنگلیاں، جن کے سِروں پر یاقوت دہک رہے تھے۔ اور ترشی ہوئی پنڈلیوں پر کسا ہوا پاجامہ —— اور زمین پر رکھے ہوئے دو ننھے ننھے سفید پاؤں جو ایمان کو متزلزل کر دینے کی حد تک حسین تھے اور جو خوف اور شرمندگی کے جذبات سے کپکپائے جا رہے تھے —— اور جو کبھی انسان کی آنکھوں میں تاب ہوتی اور وہ اس چہرے کو دیکھ پاتیں جو اس سراپا کا مول تھا تو شاید بینائی کھو دیتیں —— صبیح، پاکیزہ اور معصومیت

کی اگر کوئی حد مقرر کی جا سکتی ہو تو اس حد سے بھی سوا معصوم ترین چہرہ۔ جبیں پر دو آنکھیں جگمگا رہی تھیں ــــــ وہ آنکھیں، آنکھیں نہیں تھیں، آسمان کے تارے تھے جو آسمان کو اپنی انتہا نہ پا کر اس بلندی پر اُتر آئے تھے ــــــ آنکھیں تو آنکھیں ہی ہوتی ہیں جن سے دیکھنے اور رونے کا کام لیا جاتا ہے۔ لیکن یہ آنکھیں جو زبان نہ ہو کر بھی زبان کی طرح بول رہی تھیں اور ایک ایسی اَن دیکھی طلب کی طرف لے جاتی تھیں کہ دیکھنے والا پانی، پانی کر کے پیاسا ہی جان دے دے! اور وہی آنکھیں اس وقت اتفاقاً چھوٹے پاشا کی آنکھوں سے گھبراہٹ اور خجالت میں جا ٹکرائیں ــــــ

بید مجنوں کی طرح کانپتی ہوئی اس جانِ ناتواں کے لئے خود کو سنبھالنا دُشوار ہو گیا ــــــ خوب صورت گلابی گلابی گالوں پر موٹے موٹے آنسوؤں گرنے لگے، جیسے گلابی مخمل پر ہیرے ٹانک دیئے گئے ہوں۔ احساسِ ندامت اور شدتِ گریہ سے وہ آگے کو جُھک سی گئی اور بے ترتیبی سے پیٹھ پر پڑے ہوئے جھکا جھول بال سامنے پیچھے جھولنے لگے۔ یہ ایسا وقت تھا کہ خدا بھی اپنی اس تخلیق کو دیکھ لیتا تو ششدر رہ جاتا ــــــ یہ تو چھوٹے سرکار تھے۔!

سناٹے کو بڑے سرکار کی آواز نے توڑا جو اپنی بیگم سے مخاطب تھے:

"کیوں بے چاری کا دِل خراب کرتے بیگم آپ؟ نصیب اپنے ہاتھاں سے بنانے کی چیز ہوتے تو کوئی بھی خراب نہ بناتا۔ خدا کی خدرت میں کائے کو دخل دیتے آپ؟"

"ہو ہو، میں تو ایسی اِچ ظالم ہوں نا ــ آپ بڑے رحم والے ــــــ پن اُنے کیا بچی ہے۔ اس کو سمجھا نئیں کیا کہ میں ایسی بیوہ رانڈ مونڈ ہوں تو ایسے خوشی کے موخعے پر کائے کو سامنے نا چوں ــــــ" اور بڑے غصے سے اُنھوں نے اُسے گھورا

اس کی بے بس نگاہیں بیگم صاحبہ کی چھوٹی نند پر جا رکیں۔
چھوٹی نند دھیمی آواز میں بولیں : ـــــ "جی ہو بھابھی پاشا، یہ غلطی تو میرے سے ہوئی ـــــ اُجاڑ میرے کو دھیان اچ نئیں رہا کہ اُنے۔۔۔۔۔" اور انہوں نے اس کے معصوم چہرے کو دیکھ کر اپنی زبان روک لی۔
"چل جا کومَر اپنی کوٹھری میں، ہور یاد رکھ کبھی اِدھر پاؤں دی تو۔۔۔۔۔"
جب وہ دھیرے دھیرے قدم اُٹھاتی اُس شان دار شیش محل سے اور ایسی بھڑک دار محفل سے چلی گئی تو محفل میں چمکنے والا ہر شیشہ ہر فانوس ہر چراغ اپنی روشنی کھو بیٹھا!
ابھی ابھی محفل کیسے شباب پر تھی ـــــ اتنے بڑے شیش محل کے اتنے بڑے ہال میں یہاں سے وہاں تک ریشمیں روئی بھرے موٹے موٹے ریشمی گدیلے بچھے ہوئے تھے۔ بیچ میں کام دار زری کی مخملیں مسند بچھی ہوئی تھی جس کے درمیان سلمہ ستارے ٹنکا ہوا مخمل کا گاؤ تکیہ سجا ہوا تھا ـــــ تکیے کے سہارے ولایت سے ڈاکٹری کی ڈگری لے کر لوٹے ہوئے چھوٹے سرکار براجمان تھے ـــــ آج ہی وہ ولایت سے واپس ہوئے تھے، اور بڑی پاشا اور بڑے سرکار نے اپنی شان دار جاگیر اور حیثیت کے مطابق ایک "کھانا" اس خوشی میں سارے رشتہ داروں اور ملنے جلنے والوں کو دیا تھا اور ماں باپ کی طرف سے اس عظیم خوشی کے عظیم موقع پر رسمِ گُل پوشی بھی تھی۔ جب ریاست کے اتنے بڑے جاگیردار اور نواب گھرانے کا بیٹا ڈاکٹری کی ڈگری لے کر لوٹے اور وہ بھی ولایت سے، تو یہ واضح طور پر ہر رشتہ دار اور ملنے جلنے والے کا فرض تھا کہ وہ بھی اپنی اپنی حیثیت کے مطابق پھول پہنائے اور نذرانے دے ـــــ سارا ہال بھرا ہوا تھا ـــــ یہ ساری کارروائی اس خاص حصے میں ہو رہی تھی جو محل کے نام کی مناسبت سے واقعی شیشوں جڑا تھا۔

سروں پر رنگ برنگے فانوس لٹک رہے تھے، ہر فانوس میں گیارہ گیارہ پھول تھے۔ ہر پھول میں ایک ایک چراغ۔ اس طرح چھت پر یہاں سے لے کر وہاں تک بارہ فانوس تھے۔ ان میں سے ہر ایک میں گیارہ گیارہ چراغ۔ اور ہر چراغ کا عکس قدِ آدم آئینوں میں لہرا رہا تھا۔ محفل میں ایک آگ سی لگی ہوئی تھی۔ محل کے دروازوں پر موتیوں اور لڑیوں والے پردے لٹک رہے تھے۔ مہمان بیبیاں تھیں کہ الگ جوہریوں کی دُوکانوں کی دُوکانیں اپنے جسموں پر اُٹھائے ہوئے تھیں ——— جامے وار، بنارسی، کتان، زری، تاش، بادلے والے کھڑے دوپٹے، آڑے دوپٹے ——— کم خواب مشجر، مشروع کے زری کڑھے پاجامے اور کامداتی سے جگر مگر کرتے، کارچوب کے کڑھے کرتے۔ بس آنکھوں کی بنیائی آج خطرے میں پڑی ہوئی تھی۔ ایک طرف کونے میں دُلہنوں کی طرح سجی بنی میراثنیں ڈھولک پیٹی لئے بیٹھی تھیں۔ ڈاکٹر سرکار کے ماں باپ اور بہت قریبی رشتہ دار مسند کے قریب انہیں گھیرے بیٹھے تھے۔ میراثنوں کے مبارک سلامت والے گیتوں سے پہلے آنے والوں نے پھول پہنانے کی خواہش ظاہر کی۔ اور دبدبے اور ٹھسے والی بیبیاں دستور کے مطابق بجائے خود اٹھ کر آنے کے اپنی اپنی کنیزوں، اور نوکرانیوں بنی سنوری خواصوں اور پیش بندھیوں کے ہاتھوں نذرانے کی اشرفیاں، روپے اور پھول بھجوا بھجوا کر سُرخرو ہونے لگیں کہ اتنے میں چھوٹی نند نے خود بڑی پاشا کی ہی پروردہ کے ہاتھ سے نذرانے کی تھالی بھجوانے کی حماقت کر دی، اور بھری محفل میں اُلٹ پول گیا۔

وہیں میراثنوں نے مصرعے دل سے ٹھونک ٹھونک کر محفل کو رنگ پر لانا شروع کیا:

دکھایا ہے خدا نے آج وہ دِن
گِنے جاتے تھے جس دِن کے لئے دِن

میرے مولا بہاراں کیا دِکھایا

مرا پیارا وَلایت پڑھ کو آیا

پہلے بچّوں کی توجہ میراثنوں کی طرف اور ڈھولک کی طرف گئی۔ پھر مائیں بھی ان میں شامل ہو گئیں اور پھر تو وہ ہُلڑ مچی، تانوں اور تالیوں اور چھٹی چھٹی آوازوں سے دِل سے جوڑے ہوئے گیتوں کا وہ زور بندھا کہ مرد لوگ بھی پان چباتے ہوتے اُدھر ہی متوجہ ہو گئے، لیکن چھوٹے سرکار یوں ہی اپنے آپ سے بے خبر کھوئے رہے، ان کی آنکھوں کے سامنے ایک ہی منظر تنا رہا —— وہ کافوری اُنگلیوں والے ہاتھوں نے اپک تھالی بڑھائی ہے۔ گالیوں کی بوچھاڑ میں تھالی کے رُوپلے، پھُول بکھر گئے ہیں۔ ہیروں کی طرح دمکتی آنکھوں سے موتیوں کے آنسو رُل کر موسم کے پہلے پہل کھلنے والے گلابوں جیسے گالوں پر ڈھرک رہے ہیں، گر رہے ہیں —— پھر وہ ذلت، ندامت اور خوف کے بارے جھکی جھکی آنکھیں اُٹھتی ہیں، ان کی نگاہوں سے ایک لمحے کو ملتی ہیں، اور اس ایک لمحے میں پتہ چلتا ہے کہ آج تک جتنی بھی زندگی گذری ہے بے کار ہی گذری۔ شیش محل اپنی جملہ روشنیوں کے باوجود انہیں اس قدر تاریک تو کبھی نہ لگا تھا۔

کھانے کی دھوم مچی تو مردانے زنانے میں ہنگامہ سا اُٹھ کھڑا ہوا۔ بڑے سرکار محبت سے بولے" بٹیا آپ مردانے میں کھائیں گے یا زنانے میں؟"

بڑی سرکار بولیں" آج دونوں محفلوں کا خرچ ہے —— تھوڑا ادھر کھا کو اُدھر جائیں گا میرا بچہ ——"

"چھوٹے سرکار دونوں ہاتھوں سے سر تھام کر بولے" امی جان، مجھے بہت تھکن ہو رہی ہے۔ آج آپ معاف کر دیں تو احسان ہوگا"

اور وہ بے خبری میں یوں ہی اُٹھ کھڑے ہوئے۔ کل دار حالی روپیوں اور

اشرفیوں کا ڈھیر جو اِن کی گود میں جمع ہوگیا تھا، ایک چھنا کے ساتھ اُن کے قدموں میں ڈھیر ہوگیا۔

ماں نے خوش ہو کر دُعا دی: "اللہ کرو تمے سدا ایسے ہی اشرفیوں پو چلو۔

چھوٹے سرکار نے عجیب سی نظروں سے ماں کو دیکھا" امّی جان وہ تو خدا ہے جسے نوازے، مگر میں نے ڈاکٹری کی ڈگری ہاتھ میں لیتے وقت ایک عہد کیا تھا کہ غریبوں کا علاج مفت کیا کروں گا۔ اور آپ کو پتہ ہوگا کہ اکثر غریب لوگ ہی زیادہ بیمار پڑتے ہیں۔"

بڑے سرکار نے بے حد خوش ہو کر بیٹے کی طرف دیکھا۔

"بیٹا جس ارمان سے ہم تم کو ولایت بھیجے تھے، آج اس کا صلہ خدا نے دے دیا تمہارے خیالاں سُن کے ہمارا جی کیسا خوش ہوگیا ——— پوچھو نکو ———"

"کیا ہونڈی کھوپڑی ہے جی آپ کی" بڑی پاشا غصہ سے بھڑک کر بولیں "اُنے ایک فضول بات بولا۔ ہور آپ بھی اس کو اِچ پکڑ کو بیٹھ گئے ——— یہ بعد کے باتاں ہیں۔ چلو کھانے کو" وہ بیٹے کا ہاتھ پکڑ کر بولیں۔

"مجھے تو معاف ہی رکھئے امّی جان"

"بیٹا کم سے کم دودھ تو پی لیو" بڑے سرکار پیار سے بولے۔

"جی، وہ میں سوتے وقت پی لوں گا"

جاتے جاتے اتنے بھیڑ بھڑکے میں وہ چھوٹی پھوپھی کو تلاش کرتے کرتے اُن تک پہنچ ہی گئے۔ بڑی لجاجت سے بولے "پھوپھی ماں، ایک گلاس دودھ بھجوا دیں گے آپ میرے لئے؟ مگر اسی لڑکی کے ہاتھ"

پھوپھی نے دہل کر انہیں دیکھا ——— بھائی بھاوج دور تھے۔ انہوں نے ذرا خائف ہو کر جلدی سے وعدہ کر لیا۔

"بھیج دیوں گی میاں ——— مگر میرے چونڈے پر رحم کرنا ذرا ——— بھابی پاشا کا غصہ تم کو بھی معلوم ارچ ہے۔"

گیارہ سے بارہ ——— بارہ سے ایک ——— ایک سے دو ——— کتنی صدیاں چھوٹے سرکار پر سے ہو کر گزر گئی تھیں۔

"کیا وہ آبِ حیات آج میرے لئے کبھی نہیں آتے گا؟" ان کا جسم کان بن کر رہ گیا تھا۔ ہر چاپ پر، ہر دھمک پر، وہ پوری جان سے اچھل پڑتے۔ ان کا کمرہ اوپری منزل پر تھا، شور شرابے سے دور، آدھی رات کی جانفزا ہوائیں چلنا شروع ہو گئی تھیں جو دن بھر کے طمانیت زدہ لوگوں کو تھپک تھپک کر خنک لوریاں دینے لگتی ہیں۔ اور پھر نہ آتی ہوئی نیند بھی لپک لپک آتی ہے ——— لیکن نیند ان کی آنکھوں سے کہاں چھپی بیٹھی تھی ———؟ ان کا شان دار اور ایک نواب ہی کی شان و شوکت والا کمرہ اور بستر انہیں ببول کے کانٹوں بھرا محسوس ہو رہا تھا۔ جانے کتنے گلاس پانی اب تک وہ حلق سے نیچے اتار چکے تھے، لیکن ایک ایسی آگ تھی جو بجھنے کا نام ہی نہ لیتی تھی۔

پھر دھیرے سے دروازہ کھلا اور وہ بستر پر بیٹھے بیٹھے مر سے گئے۔ چاندی کا طشت، اس میں دودھ سے بھرا گلاس ——— وہی دو سفید سفید موم جیسے ہاتھ ——— وہی سفید لباس، وہی پاکیزہ چہرہ۔ وہی جھکی جھکی آنکھیں ——— لیکن روئی روئی سی۔

دودھ چھپر کھٹ سے ملی ہوئی آبنوسی میز پر رکھ کر وہ دھیرے سے باہر جانے لگی۔ جاتے جاتے مڑی اور بے حد شائستہ لہجے میں چھوٹے سرکار کو مخاطب کر کے بولی۔

"شب بخیر ——— خدا کرے آپ تو میٹھی نیند سوئیں لیکن آپ کا بخت بیدار رہے۔"

"آپ کا بخت بیدار رہے۔"

"آپ کا بخت بیدار رہے۔"

چھوٹے سرکار نے پڑھا بھی تھا، سُنا بھی تھا کہ بعض لوگ بات کرتے ہیں تو مونہہ سے پھول جھڑتے ہیں۔ آج آنکھوں سے دیکھ بھی لیا۔ سحرزدہ سے وہ اُٹھ کھڑے ہوئے۔ بڑے سہمے ہوئے لہجے میں اسے پُکارا جو تقریباً دروازے تک پہنچ چکی تھی۔

"ذرا سُنئے۔"

وہ ٹھٹھک کر وہیں کھڑی ہو گئی۔ آئی نہیں۔ وہ صوفے پر بیٹھے ہوئے لجاجت سے بولے ——

"پلیز تھوڑی دیر کے لیے یہاں آ کر بیٹھ جایئے نا۔"

اس نے ایک لحہ کو صوفے کی طرف دیکھا، پھر خود کو اور عجیب معصومانہ انداز سے بولی: "میں؟ وہاں بیٹھوں —— آپ کے قریب؟ آپ کو پتہ نہیں، زمین آسمان کبھی نہیں مل سکتے۔"

چھوٹے سرکار کا دماغ چکرا گیا —— "یہ لڑکی اتنی نکھری ستھری شائستہ اُردو میں کیسے بات کر لیتی ہے —— میں تو اس سے ایک بات بھی نہیں کر پاؤں گا لندن میں بھانت بھانت کے دوستوں کے ساتھ رہتے اُٹھتے بیٹھتے وہ اپنی ٹھیٹ حیدرآبادی بولی تو خیر بھول گئے تھے لیکن ان کے لب ولہجہ سے اور چغلی کھانے والے چند لفظوں سے کسی اجنبی کو یہ اندازہ لگانے میں دیر نہ ہوتی تھی کہ ان کا تعلق حیدرآباد دکن سے ہے، وہ اس وقت اس لڑکی سے بات کرتے ہوئے پتہ نہیں کیوں شرم سی محسوس کر رہے تھے۔

انہوں نے کچھ ہمت باندھ کر کہا "آپ کو اپنے آسمان ہونے پر بڑا گھمنڈ ہے آخر کیوں نہ ہو، اتنی حسین جو ہیں آپ۔"

ایک دم وہ چونک کر انہیں دیکھنے لگی: "میری زبان جل جائے جو میں نے

آپ کو زمین کہو ہو۔ زمین تو میں ہوں —— حقیر بے مایہ جو سدا پیروں سے کچلی اور روندی جاتی ہے —— آسمان تو آپ ہیں، سر بلند، سرفراز . . . . . "

انہوں نے اس کی بات کاٹ دی۔ "خدا کے لئے چپ بھی رہئے —— کیا آپ ایک ہی ترازو میں سب کو تولنے کی عادی ہیں —— مجھے امی جان کی حرکت پر بہت دکھ ہے۔"

اس نے یقین نہ آنے کے انداز میں اپنی مقناطیسی کشش والی جگ مگ جگمگ کرتی آنکھیں پھاڑ کر چھوٹے سرکار کو دیکھا —— بولی کچھ نہیں۔

"میں آپ کی زندگی کے بارے میں جاننا چاہوں گا —— برسوں پہلے جب میں لندن گیا تھا تب تو آپ اس شیش محل میں نہیں تھیں نا؟"

اس نے سر کے اشارے سے "نہ" کہا۔

بہر حال چھوٹے سرکار مرد تھے۔ فطری شرارت ایک لمحے کو جاگ ہی گئی ذرا مسکرا کر بولے۔" وہی تو میں بھی کہہ رہا تھا۔ پہلے تو شیش محل میں اتنا اُجالا کبھی نہیں دیکھا تھا۔"

ایک اُجالا اس کے اپنے چہرے پر بھی چھا گیا۔ اس نے وہ اُجالا —— وہ مسکراہٹ چھپانا چاہی، لیکن سر جھکانے کے باوجود نور کا ہالہ سا اس کے چاند ایسے چہرے کے گرد بنا رہ گیا۔

"آپ حیدرآباد کی ہیں بھی نہیں نا؟" وہ رُکتے رُکتے پوچھ رہے تھے۔

اس نے پھر سر کے اشارے سے "نہ" کہا۔

"پھر آپ کا وطن کون سا ہے؟"

اس نے بڑے دکھ بھرے لہجے میں دھیرے سے کہا۔" مجھے بھی آپ اسی بدنصیب دہلی کی طرح سمجھ لیجئے جو کئی بار اُجڑی اور کئی بار بسی —— اور پھر بس کے اُجڑ گئی۔"

چھوٹے سرکار کا دل دُکھ گیا ـــــ اس کی آنکھیں پھر بھر آئی تھیں ـــــ وہ یوں ہی بے دھیانی میں اپنے چہرے پر ہاتھ پھیرنے لگے۔

"تو آپ دہلی کے ہیں ـــــ لیکن حیدرآباد دکن کیسے آنا ہُوا؟"

"انسان وقت کی آندھی کے سامنے ایک بے بس تنکا ہے قبلۂ عالم"۔ اس نے آنسو روکنے کی قطعی کوشش نہ کی۔

بڑی دیر تک چھوٹے سرکار یوں ہی سُن بیٹھے رہے۔ بڑی دیر بعد بولے:

"امی جان آپ کو منحوس کہہ رہے تھے۔ میں یہ ... ..."

وہ اُن کی بات کاٹ کر بولی: "غلط تو نہیں کہہ رہی تھیں ـــــ دراصل جس دن میں پیدا ہوئی تھی اسی دن میری امی کا انتقال ہو گیا تھا۔"

"اور آپ کے شوہر ... ..."

وہ کچھ جھجک کر تذبذب کے ساتھ بولی۔ "جی میں نے انہیں کبھی نہیں دیکھا۔"

"جی ـــــ؟" حیرت کے مارے چھوٹے سرکار صوفے سے اُٹھ کھڑے ہوئے۔

"جی ہاں ـــــ جس رات ہماری شادی ہوئی ہے اُسی رات برات سسرال لوٹتے ہوئے ایک حادثے کا شکار ہو گئی۔" وہ حلق میں آئے ہوئے آنسوؤں کے پھندے کو پیتے ہوئے بولی: ان کی لاش اس قدر بڑھ چکی تھی کہ لوگ کہتے تھے پہچانی نہیں جاتی تھی ـــــ میں نے تو انہیں اس ہاتھ سے پہچانا تھا جو منزل تک پہنچنے کے لئے میرے بابا نے میرے ہاتھ میں تھما دیا تھا۔ جب وہ ہاتھ میرے ہاتھ سے چھوٹ گیا تو ہر پہچان میرے لئے آنسو بن کر رہ گئی۔

ایک دردناک سناٹا کمرے میں چھا کر رہ گیا ـــ اس سناٹے کو توڑتی ہوئی ماتموں کی آوازیں ابھی تک ہوا کے دوش پر آ جاتی تھیں، ورنہ دروازے بند ہونے کی وجہ سے اوپری محل ساری دُنیا سے اس وقت الگ ہو گیا تھا۔

"اس خرابے میں آپ کیسے پہنچ گئے۔ لیکن ؟"
وہ کچھ نہیں بولی ـــــ بس آنسو رہ رہ کر چمکتے رہے۔
"میں نے آپ کا نام بھی نہیں پوچھا ابھی تک ـــــ"
"ایک ستارہ۔ جو سدا گردش میں رہتا ہے۔" وہ ایک دکھی مسکراہٹ کے ساتھ بولی۔
"آپ کی بات چیت سے اندازہ ہوتا ہے کہ آپ بہت پڑھے لکھے ہیں۔"
"اللہ کے بعد ـــــ بابا کی مہربانی سے کچھ پڑھ لکھ لیتی ہوں۔"
"بابا کہاں ہیں آپ کے ؟"
"یہیں ـــــ اسی محل میں ـــــ باہر نوکر خانے میں رہتے ہیں، میں اندر رہتی ہوں۔" پھر وہ دروازے کے شیشوں کے پار باہر شیشوں کی طرف دیکھتے ہوئے بولی "اب آپ مجھے اجازت نہ دیجئے گا ؟ رات بیتی جا رہی ہے ـــــ لوگ رات کو سیاہ اور تاریک کہتے ہیں۔ اور مقدر کی خرابی کو رات کی سیاہی سے تشبیہ دیتے ہیں لیکن میرے لئے رات ایک مہربان ماں کی طرح ہے جو میرے سارے دکھوں کو اپنے آنچل میں سمیٹ کر مجھے پناہ میں لے لیتی ہے ـــــ لوگ سویروں کے لئے ترستے ہیں، میں بھی سویروں کو برا نہیں سمجھتی، اس لئے کہ یہ گزرتے ہیں، تب ہی تو رات آتی ہے ـــــ خدا حافظ !"

وہ چلنے کو ہوئی تو چھوٹے سرکار کچھ جھجکتے ہوئے آگے بڑھے۔
"میں ایک بہت بڑی جسارت کر رہا ہوں، آپ برا تو نہیں مانیں گے ؟ لیکن آپ کی اجازت کے بغیر میں یہ جسارت کروں گا بھی نہیں۔" وہ رکتے رکتے بولے۔
"گناہ تو ہے لیکن میں . . . . میں آپ کے اس بے پناہ پاکیزہ اور خوبصورت چہرے کو پیار کرنا چاہتا ہوں . . . . . ."

وہ جیسے نیند سے جگانے والے لہجے میں بولی۔ "لوگ گناہ تو کرتے ہیں، لیکن خدا کی عظمت یہ ہے کہ توبہ کے دروازے بھی ہمیشہ کھلے رہتے ہیں۔ لیکن ایک چھوٹی سی بات آپ کو یاد دلا دوں —— نیچے اس ہنگامہ خیز محفل میں آپ کی منگیتر بھی بیٹھی ہوئی ہیں جنہیں آج نہیں تو کل، اسی محفل میں آنا ہے جن کے قرب کی تمنا آپ کے لئے گناہ نہیں ہوگی۔"

ایک دم وہ دونوں ہاتھوں میں اپنا چہرہ چھپا کر رونے لگی۔

"میں غموں کی عادی ہو چکی ہوں —— خدا کے لئے مجھے خوشیاں نہ دیجئے —— یہ سب میں سنبھال نہیں پاؤں گی۔"

چھوٹے سرکار سُن کھڑے تھے، نہ ہلنے کی سکت تھی، نہ بات کرنے کی سُدھ۔

رات کے گجر نے ٹن ٹن چار بجائے تو وہ چونکی۔ جانے کے لئے مڑی، تو چھوٹے سرکار نے اسے شانوں سے پکڑ کر اپنی طرف گھما لیا —— اپنے عام نرم لہجے سے ہٹ کر پہلی بار ذرا وہ تلخی اور تیزی سے بولے: "سنئے —— میری کوئی منگیتر ونگیتر نہیں ہے۔ امی جان نے اگر اپنی خوشی کے واسطے میری منگنی کر بھی دی تو انجام وہی بھگتیں گے۔" وہ اس کے چہرے پر جھکتے جھکتے پھر سنبھل گئے۔ اور یہ وعدہ رہا کہ یہ ہونٹ آپ کے اس پاکیزہ چہرے کی کبھی بے حرمتی نہیں کریں گے چاہے کتنا ہی مچلیں، کتنا ہی تڑپیں —— تا وقتیکہ آپ اس محفل میں دلہن بیگم کی حیثیت نہیں پا لیتے۔"

اس نے اپنی آنسو بھری آنکھیں اٹھا کر بڑی مشکل سے کہا۔

"میرا نام شمع ہے —— کیا آپ مجھے جلنے سے بچا سکیں گے۔"

چھوٹے سرکار کے آجانے سے شیش محل کے دِن پھر گئے۔ وہی لوگ

تھے، وہی محفلیں، وہی ہنگامے۔ لیکن جیسے ہر چیز میں جیسے جان سی پڑ گئی ہو —— بڑی پاشا کے ہونٹوں سے ہنسی جدا نہ ہوتی تھی۔ بڑے سرکار کا چہرہ خوشیوں سے دمکتا رہتا تھا۔ تین بیٹیاں اور بھی تھیں لیکن اپنے اپنے گھروں کی۔ یہ اکلوتے بیٹے تھے اور اتنی مدت بعد پار پردیس سے، نیلے پانیوں کے دیس سے زندہ سلامت اور کامیاب ڈاکٹر بن کر لوٹے تھے، اور بڑی بات یہ کہ کوئی میم ساتھ نہیں لائے تھے جتنی بھی خوشیاں کی جاتیں کم تھیں۔

چھوٹے سرکار بڑی بیٹی کے بعد کے بیٹے تھے۔ دو بہنیں چھوٹی تھیں، سب بیاہی جا چکی تھیں۔ یہ بڑے ہو کر بھی اس لئے کنوارے تھے کہ انہوں نے خود ہی کہا تھا کہ جب تک میں اپنی تعلیم پوری نہیں کر لیتا بیاہ اور گرہستی کے جھنجھٹ میں نہیں پڑوں گا۔ بڑے سرکار اس بات سے خوش بھی تھے۔ حیدرآباد دکن کے عام نواب گھرانوں کے برعکس جہاں لڑکے گھر کی اصیل باندیوں، پیش بندیوں سے عشق لڑاتے اور بستر گرم کرتے پھرتے تھے۔ بڑے سرکار نے اپنے بیٹے کو تعلیم سے سنوارنا اپنا فرض جانا تھا دولت گھر کی باندی سہی، مگر وہ چاہتے تھے لڑکا کوئی ہنر سیکھے، اور زندگی میں کبھی برا بھلا موقع آئے تو کسی کا دست نگر نہ بنے۔ اب خدا نے سارے ارمان پورے کر دئے تھے اور وہ اسی ایک دن کے انتظار میں تھے۔ جو ان کی ساری ذمہ داریوں کی آخری حد تھا ——

تینوں بہنیں اپنے اپنے شوہروں، بچوں کے ساتھ آئی ہوئی تھیں۔ چھوٹی پھوپھی تو اسی گھر میں رہتی تھیں۔ دوسری پھوپھیاں، ممانیاں، ماموں سب ہی جڑے ہوئے تھے —— محل اتنا بڑا تھا کہ اتنے سارے لوگوں کو سمو لینے کے بعد بھی بانہوں کے لئے آغوش وا کئے رہتا۔ ایک دن چھوٹے پاشا اپنے کسی انگریز دوست کو محل کی سیر کرانے کے لئے لائے تھے۔ صبح کے گیارہ بجے سے شام کے پانچ بج گئے، مگر

محل کی حدیں ختم نہ ہوئیں۔ اتنے بڑے محل کا ایک فائدہ یہ بھی تو تھا کہ سب کی نگاہیں بچا کر وہ چاہتے تو کسی بھی گھڑی محل کے اُوپری حصّے میں جو سب سے الگ تھلگ تھا، اپنی دُنیائے محبت آباد کر سکتے تھے۔

شمع سے ان کی اب تک صرف ایک ہی ملاقات ہوئی تھی —— ایک ملاقات جو زندگی بھر کی خوشیوں کا حاصل بن کر رہ گئی تھی۔ وہ کسی دوسری ملاقات کے خواہش مند ہی تھے کہ ایک دن ایک چھوٹی سی واردات ہوگئی۔

محل کے سارے لڑکے لڑکیوں نے پروگرام بنایا کہ اب تو چند دن میں ہی آفتاب بھیا اپنی ڈسپنسری سنبھال ہی لیں گے۔ اور پھر مریضوں اور دواؤں میں ہی اُلجھے رہیں گے، اس لئے کیوں نہ اس موقع سے فائدہ اُٹھاتے ہوئے "گنڈی پیٹھ" کی زوردار پکنک منائی جائے۔

بڑی پاشا کو خدا ایسا موقع دے —— وہ تیاری اور ہنگامہ مچایا کہ اتنے خرچ میں ایک چھوٹی موٹی شادی ضرور رچ جاتی —— بڑے سرکار کے پاس سیاہ فورڈ تھی —— وہ کہیں آتے جاتے تو اسی کو استعمال کرتے۔ خاص خاص موقعوں کے لئے بیگم اور بچوں کو بھی اجازت تھی۔ عام محل والوں کے لئے شکرامیں اور تانگے تھے جو محل ہی کے تھے۔ تلن، پکن، تیاریوں اور ہنگاموں کے بعد طے ہوا کہ محل کے سارے لوگ تو صبح سے ہی شکراموں اور تانگوں میں بھر بھر کر گنڈی پیٹھ چلے جائیں، اور ان سب کے وہاں پہنچتے پہنچتے موٹر میں بڑے سرکار، بڑی پاشا، چھوٹے پاشا اور بہنیں چلی جائیں گی۔

سب سامان چلا گیا —— لوگ چلے گئے۔ بس محل میں چند بوڑھی نوکرانیاں چند دربان اور کچھ غریب رشتہ دار رہ گئے —— جب سب موٹر میں بیٹھ گئے تو اندر سے شمع تیزی سے پاندان لئے لپکی آئی، اور موٹر کے قریب آکر بڑی پاشا سے بولی۔

"پاشا سلامت —— آپ پاندان بھولے جارہی تھیں۔ ناگاہ میری نظر پڑگئی۔ آپ تو تمباکو کی بھی عادی ہیں، دن بھر کتنی پریشان ہوجائیں"۔

بڑی پاشا نے جھپٹ کر پاندان لے لیا اور اسے ان الفاظ سے نوازا: "تو منحوس ماری جاتے وقت ضرور اپنی اُجاڑ صورت بتائے گی، چل ہٹ سامنے سے"۔

چھوٹے سرکار نے بڑی حیرت سے یہ سب کچھ دیکھا، شمع سر جھکائے جانے لگی تو انہوں نے ماں سے کہا "امی جان جہاں سب ہی لوگ تفریح کے لئے گئے ہیں۔ آپ شمع کو بھی کیوں نہیں لے لیتے ——" اور انہوں نے ماں کے جواب کا انتظار کئے بغیر باپ سے بھی پوچھ لیا "کیوں ابا حضور، میں غلط تو نہیں بول رہا ——"

"ہاں ہاں بیٹے۔ آخر اُنے بچہ ہی تو ہے ——"

"ہو مو۔ ایسی اچ بچہ ہے تو اسے اپنی گود میں بھر لیونا ——" بڑی پاشا چلائیں —— جگہ تو ہے نہیں ہور ساتھ لے جائیں گے بڑے"۔

"ماں کی بات پہ کان دئے بغیر چھوٹے سرکار موٹر کا پٹ کھول کر کھڑے ہوگئے بہنوں نے ذرا ذرا کھسک کر جگہ بنادی —— شمع نے دونوں ہاتھ جوڑ دئے اور سنجیدہ لجاجت سے بولی "مجھے معاف کیجئے گا۔ محل میں بہت سارے کام پڑے ہوئے ہیں"۔

وہ پیٹھ پھیر کر مُڑی تو بڑے سرکار نے نرمی سے پکارا "آجاؤ بیٹی —— کام تو زندگی بھر انسان کے ساتھ لگے ہوئے ہیں"۔

اس محل میں بڑے سرکار نے اسے باپ کا سا پیار دیا تھا۔ وہ ان کی کوئی بات نہیں ٹالتی تھی۔ بڑی پاشا کی خونخوار نگاہوں سے بچتی بچاتی وہ موٹر میں بیٹھی ہی تھی کہ وہ زور سے چلائیں: "اسگے میں مرگئی گے، اتنے لوگاں اتی سر کی گاڑی میں ٹھونسیں گے تو مردہ نہیں نکلے گا کیا دوسروں کا"۔ اور وہ دھڑ سے دوسری طرف کا پٹ کھول کر نیچے اُتر گئیں: "لے جاؤ اپنی ہوتی سوتی کو، میں رہوں گی یہیں اِچ محل میں"۔

اُن سے زیادہ تیزی سے شمع اُتر گئی اور دونوں ہاتھ جوڑ کر چھوٹے سرکار سے بولی "للہ آپ مجھے جینے دیجئے۔" اور تیزی سے اندر چلی گئی۔

بڑی پاشا گاڑی میں بیٹھتے ہوئے بولیں "اچھا ہوا چلی گئی تو۔ موٹر میں وزن کتا بڑھ گیا تھا اُجاڑ ——— موٹر ٹوٹ ووٹ جاتی تو؟ حیدرآباد میں اب تک کا بس دس گاڑیاں ایسے آئے، ان میں کی ایک ہے یہ۔ ایسی سواری میں ایسے نالستہ لوگاں کو بٹھاتے بھلا؟"

رات کو جب سب تھک تھکا کر بے حال ہو کر لوٹے تو اپنے اپنے بستر پر گرتے ہی سو گئے مگر چھوٹے سرکار کو رات گئے تک نیند نہ آئی ——— مدد کے لئے انہیں پھر چھوٹی پھوپی یاد آئیں۔

شمع آئی تو وہ چور بنے کتنی دیر تک یوں ہی کھڑے رہے۔

"گندی بیٹھ میں کتنا بے حساب پانی ہے شمع بی بی۔ مگر ہم کو اس میں سے ایک چلو تک نصیب نہ ہوا کہ اپنی بے غیرت زندگی کا خاتمہ کر لیتے۔"

شمع انہیں ایک ٹک دیکھے گئی۔

"ہم سچ کہہ رہے ہیں۔ ہم اپنے لئے نہیں، آج تو صرف آپ کے لئے جی گئے۔"

شمع نے حیرت سے آنکھیں اٹھا کر انہیں دیکھا، وہی آنکھیں ——— وہی آنکھیں ——— انھوں نے گھبرا کر مونہہ پھیر لیا۔

"صرف ایک ہی خیال نے ہم کو مرنے سے باز رکھا کہ ہم مر گئے تو آپ کے لئے دُنیا کتنی تنگ ہو کر رہ جائے گی۔"

شمع کی سسکی پر وہ پیچھے مُڑے۔

"شمع بی بی آج ہم نے امی جان کے دل میں آپ کے لئے وہ بے پناہ نفرت

دیکھتے ہیں کہ لگتا ہے کہ ان کا بس چلے تو آپ کو زندہ جلوا دیں۔"

"سو تو میں جل ہی رہی ہوں۔" وہ دھیرے سے بولی۔

وہ اس کے قریب آکر کہنے لگے "ہم سوچتے ہیں، آنے والا مورخ کبھی ہماری داستان رقم کرے گا تو آنے والی نسلیں کس قدر حیرت کریں گے کہ محبت کی یہ کیسی عجیب عمارت تھی جو پہلی ہی نظر میں اتنی استوار ہو گئی ——— ہم آپ کے بغیر زندہ نہیں رہ سکیں گے شمع بی بی۔"

"جب سے اس محل میں بابا اور میں آئے میں نے یہاں سے جانے کے بارے میں کبھی نہیں سوچا۔ لیکن اب سوچتی ہوں کہ ہمیں یہاں سے چلا جانا چاہیئے۔" وہ اپنے پیروں کے ناخنوں سے قالین کو کرید رہی تھی۔

"یہ بات ہم سے نظر ملا کر کہیئے۔"

شمع نے سر اوپر نہیں کیا۔

"ہمیں پتہ ہے کہ آپ سے زیادہ آپ کی آنکھیں سچی ہیں۔"

شمع دونوں ہاتھوں سے مونہہ چھپا کر زور زور سے رونے لگی۔

آنے والے چند دنوں میں چھوٹے سرکار نے اپنی ماں کا شدید عتاب کئی بار شمع پر نازل ہوتے دیکھا۔ انہیں فکر تھی، تو صرف یہ کہ اتنی بڑی، ایسی خوف ناک آندھی کا مقابلہ کس صورت سے کریں۔ یہ تو وہ طے کر ہی چکے تھے کہ اب جئیں گے تو شمع کے لئے، مریں گے تو شمع کے لئے۔ انہوں نے سوچا کہ امی جان سے پہلے ڈھکے چھپے اور پھر صاف لفظوں میں اپنی محبت کا اظہار کرنا زیادہ مناسب ہوگا، تاکہ وہ دھیرے دھیرے عادی ہوتی جائیں۔

اس دن صبح ہی صبح جب وہ اپنی ماں کے پاس بیٹھے تھے تو چاندی کی طشت میں سلیقے سے چائے سجائے شمع آگئی ———

تسبیح پٹخ کر بڑی پاشا بولیں ـــــ "صنوبر، نوبہار، گل چمن، سوسن کاں مرگیاں کہ تو اپنی منحوس صورت صبح اِچ صبح میرے سامنے لے کو آ گئی۔"

وہ سہم کر بولی: "جی پاشا سلامت کے ذہن سے شاید اُتر گیا ہو کہ محل میں بہت سارے مہمان آئے ہوئے ہیں، وہ سب اُن ہی کے ناشتے کے انتظام میں مُنہمک ہیں۔"

"اُجاڑ، یہ نزاکت کی باتاں، ہور گلابی لاڑاں میرے کو نکّو ـــــ اپنی دلی کو پٹخو سِل بٹے پو، ہور نکلو میرے سامنے سے۔"

وہ یوں ہی جھکی کھڑی رہی ـــــ چائے پیالیوں میں اُنڈیل دوں پاشا سلامت؟

"اپنے کھوپڑے پر اُنڈیل لو۔" یہ گویا چائے بنانے کی اجازت تھی۔ وہ اپنے بیٹے سے مخاطب ہوگئیں: "تم بیٹا صبح صبح اس کا موہنہ مت دیکھا کرو۔ ایسی منحوس ہے جس دن یہ محل میں داخل ہوئی، میرے آنگن کی اچھی بھلی گلاب کی جھاڑی مُرجھا گئی۔ پورے کلیاں جل گئے۔"

چھوٹے سرکار نے پہلی بار لب کھولے: "امّی جان کلیاں اپنے سے زیادہ خوب صورت اور حسین کلی کو برداشت نہیں کر سکے۔ اس لئے مارے حسد کے جل کے رہ گئے۔"

پیالی گرم گرم چائے سمیت بڑی پاشا کے جسم پر گر گئی۔

مخملیں گدّوں اور تکیوں والے شان دار دیوان پر بڑے نواب صاحب بیٹھے پیچواں گڑگڑا رہے تھے۔ سامنے لگے ہوئے دبیز صوفوں اور کوچوں پر ان کی بہنیں بیٹھی تھیں۔ ایک صوفے پر پاندان سنبھالے بڑی پاشا تمکنت سے بیٹھی ہوئی تھیں۔

"اب آپ کیا سوچے بیٹے کی شادی کے بارے میں ؟"

نواب صاحب حیرت سے بولے" سوچنا ؟ سوچنا کیا ہے؟ آپ تو خود اچ بچپن سے منگنی کر کو بیٹھے ہیں ۔"

"وہ تو میں توڑ دی ۔" انھوں نے بے پروائی سے کہا۔

"جی ؟" انھوں نے محفّے کی نَے چھوڑ دی " ایسے کیسے توڑ دئے آپ بلا وجہ ؟"

"بلا وجہ کائے کو ـــــ وہ نواب اقتدار یار جنگ حضور نظام کی شان میں قصیدہ پڑھے ۔ تو وہ ایک ہور جاگیر اُنوں کو بخشے نا ؟ میں پتہ چلائی اُن کی ایک اچ بیٹی ہے ، ہور اِتی دولت پہلے سے تھی ، ہور اب ایک پوری جاگیر مل گئی ۔ تو ان کے مرے پیچھے تو وہ ساری جائداد بیٹی کو اچ تو جہیز میں ملنے والی نا ـــــ تو میں وہ ٹھیکرے کی مانگ توڑ دی ـــــ"، بات کی شدت کم کرنے کو وہ بولیں " ہور اُجاڑ ٹھیکرا توڑنے کو دیر بھی کیا لگتی ، اٹھاؤ ہور پھینک دیو ـــــ بات ختم ـــــ !"

مگر بات ختم نہیں ہوئی ، بڑے سرکار سناٹے میں آ گئے ۔ سنبھل کر بولے " بیگم ہم کو ایک بات بتایئے ـــــ آپ جب دُنیا میں آئے تھے تو آپ کے ہاتھاں میں کچھ تھا کیا ؟ نہیں نا ؟ ہور جائیں گے بھی تو کچھ بھی نئیں رہیں گا ۔ پھر کائے کو آپ اتے توڑ جوڑ کرتے ؟ کچھ خدا کا بھی خوف ہے کہ نئیں ؟"

چھوٹے سرکار دُور ایک صوفے میں چپ چاپ بیٹھے ہوئے تھے اپنی جگہ دَہل کر رہ گئے ۔ دولت ـــــ دولت ـــــ دولت ـــــ آخر کتنی دولت ؟ انھیں پتہ تھا کہ رشتہ داری میں ہی کہیں ان کی منگنی ہو چکی تھی ۔ اسی ایک بات پر کہ گھرانے برابری کے ہیں ۔ دولت گھر کی لونڈی ہے اور اب پھر مزید دولت

کے لئے پہلی بات توڑ دی گئی ہے کہ دوسری جگہ وہاں سے پیسہ زیادہ ہے تو کس طرح امید رکھی جائے کہ امی جان ایک غریب لڑکی سے جو اسی محل کے ٹکڑوں پر پرورش پارہی ہے، شادی کرنے دیں گی؟

اُنھوں نے بزرگوں کے بیچ میں دخل دینا مناسب تو نہ جانا مگر چپ رہنا بھی ٹھیک نہ سمجھا، دھیرے سے باپ کو مخاطب کر کے بولے "ابا حضور میں ابھی چند سال شادی کرنا ہی نہیں چاہتا۔"

بڑے نواب محبت سے ہنسے۔ "چند سال؟ بیٹے آپ کے پاس شادی ملتوی کرنے کی کوئی معقول وجہ ہے؟ تعلیم آپ پاچکے، ڈاکٹر آپ بن چکے، خدا کے کرم سے آپ کے پاس گھر ہے، جائداد ہے، شاندار ڈسپنسری تیار ہو رہی ہے۔ پھر اب کیا اعتراض ہے آپ کو؟"

یہ اتنا مدلل سوال تھا کہ وہ کچھ بھی جواب نہ دے سکے۔ ماں بولیں "ہور چھوٹے بھیاں بال بچوں والے ہو گئے۔ ایک ایک آنے جانے والا پوچھتا کہ کب ولیمے کا کھانا کھلاتے۔ ہور بیٹے تو منہ میں لڈو بھر کو بیٹھے۔" پھر شوہر کی طرف مڑ کر بولیں: "میں کل اچ اختدار یار جنگ کے وہاں بات لے کر جاتیوں۔ آپ اکیاون اشرفیاں اُجلوانے کو سنار کنے بھجوا دیو۔"

"نہیں ——— نہیں ——— نہیں" چھوٹے پاشا اپنے لہجے کی تیزی اور بدتمیزی پر خود ہی خائف ہو گئے۔ سب نے انہیں چونک کر دیکھا ——— وہ جس تیزی سے اُٹھ کھڑے ہوئے تھے، اسی تیزی سے پھر بیٹھ گئے۔ بڑی پاشا غصّے میں پیر پٹختی چلی گئیں۔ اُن کے جاتے ہی سب ایک ایک کر کے اُٹھ گئے۔"

بڑے سرکار بیچوان ایک طرف ہٹا کر اُٹھ گئے۔ دھیرے دھیرے چل کر بیٹے تک آئے اور اُن کے کندھے پر ہاتھ رکھ کر بے حد نرمی اور پیار سے بولے "بیٹے،

ہم نا غیر مت سمجھو، بولو، آپ کے دِل میں کیا بات ہے ——آپ کے دِل کا حال آپ کے چہرے سے ظاہر ہے۔"

" ابا حضور —— "انہوں نے اپنی ساری ہمت اور طاقت جمع کی لیکن آواز مونہہ سے نہ نکلی۔

"کیا آپ ولایت میں کسی سے وعدہ کر کو آ گئے ہیں۔ شرماؤ مت بیٹا، جوانی کے گناہ تو خداوند تعالیٰ بھی معاف کر دیتے ہیں، ہم تو باپ ہیں —— خیر بندے اس کے۔"

"جی نہیں ابا حضور —— آپ غلط سمجھ رہے ہیں۔"

"پھر بھی بٹیا —— آپ کا انداز اور اضطراب بلا وجہ کا نہیں۔"

"ابا حضور، ایسی انہونی خواہش کا اعتراف نہ کرائیے جس کے بارے میں سوچا بھی نہ جا سکے۔" اور وہ تیزی سے اُٹھ کر، باپ کو حیران و ششدر چھوڑ کر دیوان خانے سے چلے گئے۔

لیکن بڑے سرکار کو اس دن آپ ہی آپ پتہ چل گیا کہ وہ انہونی خواہش کیا ہو سکتی تھی۔

عید کا دِن تھا —— دُنیا بھر کے ہنگامے آج محل میں اُٹھ رہے تھے۔ لڑکیوں نے رات ہی سے مہندی لگا لی تھی۔ صبح سے منہارن آنگن میں آ بیٹھی تھی۔ زیورات کے ڈبے نکل رہے تھے —— یہاں وہاں بھڑکیلے، جگر مگر کپڑوں کے ڈھیر نظر آ رہے تھے۔ باورچیوں اور ماماؤں نے ایک طوفان اُٹھا رکھا تھا۔ بقر عید عید الفطر کے مقابلے میں ایسی کوئی ہنگامہ خیز عید نہیں ہوتی۔ لیکن بڑی پاشا دونوں ہی عیدوں پر اتنی ہی تیاریاں کرتیں —— بقر عید پر بھی وہ میٹھی عید کی طرح شیر خورمہ

سوتیاں پکوائیں کہ گوشت اور بریانی، کباب کھاتے کھاتے جی مُوا اوب جب تا تو اوبدا کر میٹھے کی یاد آتی۔ امّی جاؤ سے پورے محل والوں کے کپڑے سلتے —— اور پھر یہ عید تو اُن کے جان کے ٹکڑے کی آمد کے بعد کی پہلی عید تھی، جو عید الفطر سے بھی بھاری تھی۔ انہوں نے لَس لَس کر کے رول دار اطلس کا سفید پاجامہ بیٹے کے لئے سِلوایا تھا۔ ہلکے گلابی جامہ دار کی اچکن اور اسی کپڑے کی ٹوپی سلوائی تھی —— آفتاب بیٹے تھے بھی تو ایسے وجیہہ، یہ جوڑا پہن کر تو پتہ نہیں محل میں کتنوں کا قتل کر ڈالتے۔

شمع روز کی طرح آج بھی ویسے ہی سفید کپڑوں میں تھی —— نہ کنگھی، نہ چوٹی —— نہ کاجل، نہ مہندی —— بیوہ کے لئے سنگھار ضروری بھی کیا ہے؟

عید گاہ چلنے سے پہلے، شمع سونے کی تھالی میں ہرے ہرے پان لئے آئی تو بڑے سرکار نے بڑے افسوس سے اسے دیکھا —— بے چاری روز کی طرح آج بھی اُسی سفید جوڑے میں ہے۔ پان اُٹھا کر کمرے سے نکلے تو بیٹے عید گاہ جانے کے لئے تیار کھڑے تھے۔ وہ انہیں دیکھ کر ٹھٹک سے گئے۔

"بیٹے آپ کی امّی جان تو آپ کے واسطے گلابی اچکن اور گلابی ٹوپی تیار کروائے تھے، اور اطلس کا پاجامہ۔ آپ تو سادے بوسکی کے پاجامے اور ہیورز ململ کے کُرتے میں ہیں۔"

چھوٹے پاشا اُداس سی ہنسی ہنس کر بولے۔ "کچھ نہیں ابا حضور —— خوشی سب مل کر منائیں تو خوشی لگتی ہے —— کوئی اُداس اور ملول ہو تو اندر سے دِل گناہ گار محسوس ہوتا ہے۔"

اُسی دم پان کی تھالی لئے شمع اندر سے نکلی تو بڑے سرکار کی سمجھ میں سب کچھ آ گیا —— بیک وقت دونوں کے لئے ان کے دِل میں بے پناہ غم جاگ اُٹھا۔

"ہم اس محل کے حاکم ضرور ہیں، مگر بیگم کے سامنے ہماری آواز میں کیا دم ہے؟ کاش ہم تمہارے لئے کچھ کر سکتے بچو۔" انھوں نے کرب سے سوچا۔

کھانے کی چوکیوں کے گرد محل کے سب لوگ بیٹھے کھانا کھا رہے تھے۔ سرخ سرخ دستر خوان پر رنگ برنگے کھانے چنے ہوئے تھے۔ فرش کے کناروں سے لگی چاندنیوں سے ہٹ کر کنیزیں چاندی کی کشتیوں میں چاندی کے گلاس سجائے پانی لئے کھڑی تھیں —— اچانک چھوٹے سرکار کو ٹھسکا لگا۔ شمع تیزی سے پانی لئے لپکی —— گھبراہٹ میں گلاس ہاتھ سے چھوٹ گرا۔ نرم چاندی کا گلاس زمین پر گرتے ہی ٹیڑھا ہو گیا۔

"ہوری، چھوٹے پاشا کو ٹھسکا لگا تو تیرے کو کائے کو بچھو کاٹا کہ اتی زور سے دوڑی کہ گلاس چپکا کو رکھ دی۔"

شمع ندامت سے چور لہجے میں بولی: "پاشا سلامت زور سے اچھو لگ جانا کبھی کبھار خدا نہ کرے مہلک ثابت ہوتا ہے۔ میں اسی خیال سے تیزی سے لپکی تھی۔"

بڑے سرکار، چھوٹے سرکار کے رنگ بدلتے چہرے کو دیکھ رہے تھے، بات سلجھانے کو بیگم سے کہنے لگے۔ "آپ کیوں خواہ مخواہ بات کا تبنگڑ بنائے دیتے، گلاس چپکا تو کیا ہوا، سنارداں مر گئے کیا؟ سیدھا کر دیں گے۔"

"ہو ہو —— میں اندھی نئیں۔ دیکھتی نئیں کیا؟ ایک سرے سے ساروں کو آج اس مال زادی کا درد آتا۔" انھوں نے خاص طور سے بیٹے کو سنایا۔ پھر شوہر کی طرف ہاتھ چلا کر بولیں: "منع کون کرتا؟ سلا لیونا اپنے سنگات —— کیا کیا تماشے کرنے کو بیٹھے۔ یاد نئیں کیا میرے کو؟ اب بھی کیا گیا ...."

"بیگم ——— بیگم !" نواب صاحب اپنی پوری طاقت سے چلائے "زبان کو رو کئے۔ یہ خاندان گراوٹ کی کئی حدیں پار کیا۔ مگر آج تک کوئی شوہر اپنی بیوی پر ہاتھ نہیں اُٹھایا۔ ہمارے عتاب کو مت للکاریئے ——— ہو،ر ایسی ذلیل بات موبنہ سے نکالنے سے پہلے آپ کی زبان جل جاتی ہو،ر ہمارے کان بہرے ہوجاتے تو اچھا تھا ———" انہوں نے اپنے غصّے کو دباتے ہوئے دھیرے دھیرے کہا۔ "بیگم سب ہی پھول اس لائق نہیں ہوتے کہ اُنہیں بستروں میں روندا جائے ——— بعضے بعضے پھول گلدان میں بھی سجائے جاتے ہیں۔"

اس رات چھوٹے پاشا حیران رہ گئے۔ آدھی رات کے وقت شمع بن بلائے ان کے کمرے میں تھی!

اس نے بڑی بے بسی سے انہیں مخاطب کیا۔ "قبلۂ عالم ——— میں آپ سے کچھ مانگنے آئی ہوں۔"

انہیں اس کے اندازِ تخاطب پر غصّہ آ گیا۔

"نہ میں کوئی بادشاہ ہوں نہ آپ کنیز۔ یہ آپ مجھ کو قبلۂ عالم کیوں پکارتے ہیں ———"

"میں کنیز ہوں یا نہیں، لیکن آپ بادشاہ ضرور ہیں۔ اتنا بڑا محل اتنی ساری دولت۔ اتنے نوکر چاکر، اتنے عیش، بڑی بڑی جاگیریں۔ اور بادشاہ کیسے ہوتے ہیں؟"

"ساری دُنیا ہمیں جلا رہی ہے۔ ایک آپ رہ گئے تھے، آپ بھی جلا لیجئے ———"

وہ مسکرا دی ——— اسے چھوٹے سرکار کے اندازِ گفتگو پر کبھی کبھار ہنسی آجاتی تھی۔ کبھی خود کو 'ہم' بولتے کبھی میں اُسے ——— اس طرح مخاطب

کرتے جیسے کسی مرد سے بات کر رہے ہوں ـــــ اس کو مسکراتا دیکھ کر وہ بولے "آپ ہماری زبان کی ہنسی اُڑاتے ہیں نا۔ اسی لئے آپ سے بات کرتے ہم ڈرتے ہیں۔"

"خدا نہ کرے جو میں آپ کی کسی بات پر ہنسوں۔"

وہ بھی مسکرائے "خیر ابھی تو آپ ہنس لیجئے مگر آپ کے ساتھ رہیں گے تو آپ کی سی میٹھی بولی بھی بولنے لگیں گے۔"

"آپ کے ساتھ؟" شمع کا چہرہ اُتر گیا، وہ دکھ سے بولی "آپ کتنے بھولے ہیں۔ کیا واقعی آپ سمجھتے ہیں کہ زندگی میں ہم کبھی ساتھ رہ سکیں گے۔"

"کم سے کم آج تک تو ہم نے جو بھی سوچے وہی کئے ـــــ" وہ ایک عزم کے ساتھ بولے۔

"قبلۂ عالم۔" وہ رنجیدہ ہو کر بولی "میں آپ کو ایک بات بتاؤں؟ جس دن دیوان خانے میں آپ کی شادی کی بات چل رہی تھی کہ میں مشروبات کا طشت لئے داخل ہو رہی تھی کہ آپ کی شادی کا ذکر کانوں سے جا ٹکرایا۔ پھر میں اندر داخل نہیں ہوئی۔ الگ ہٹ کر ساری باتیں میں نے سنیں۔ چھپ کر باتیں سننا کوئی بڑی اچھی حرکت نہیں لیکن میں نے اس لئے جان کر سنیں کہ جھوٹے خوابوں کے سحر سے خود کو آزاد کر سکوں۔"

چھوٹے سرکار حیرت سے اُسے دیکھ رہے تھے، اور وہ کہے جا رہی تھی "اور آج میں آپ سے یہی مانگنے آئی تھی کہ آپ ـــــ آپ نواب اقتدار جنگ کی بیٹی سے شادی کر لیجئے۔" وہ موہنہ پھیر کر بولی "آنکھوں کا ایک کام دیکھنا ہے، ایک کام رونا اور ایک کام خواب بُننا۔ اب میں مزید خواب نہیں بُن سکتی۔"

"آپ ہمیں ارادوں کا اتنا کچا سمجھتے ہیں؟"

"جی نہیں ـــــ یہ میں نے کبھی نہیں کہا۔ لیکن آپ نے کبھی اس بات پر غور

بھی کیا کہ پہلی بات تو یہ کہ آپ کو اس بات کی اجازت ہی نہیں ملے گی کہ آپ مجھے اپنی زندگی کا ساتھی بنائیں ـــــ بالفرضِ محال آپ نے ضد میں آکر ایسا قدم اٹھا بھی لیا تو آپ میری جگہ خود کو تصور کیجئے۔ جس لڑکی پر اتنی مدت سے اس محل میں گالیاں، جھڑکیاں اور طرح طرح کی اُفتادیں پڑتی رہی ہوں۔ اُسے دُلہن بیگم کے رُوپ میں کبھی قبول کیا جا سکتا ہے؟ نوکرانیاں مجھ پر ہنسیں گی۔ بیش بندھیاں طعنے دیں گی۔ خادمائیں مجھے دیکھ کر دِل ہی دِل میں مُسکرائیں گی۔ کیا میں یہ سب کچھ سہہ سکوں گی؟ اور پھر سارے رشتہ دار۔۔۔ ۔۔۔"

"ہم اس محل سے ہی چلے جائیں گے۔ ایک ڈاکٹر اتنے پیسے تو کما سکتا ہے کہ وہ انسانوں کا پیٹ پال سکے۔"

"اور آپ سمجھتے ہیں کہ میں اتنی گری ہوئی لڑکی ہوں کہ ایک بلکتے بیٹے کو ایک چاہنے والی ماں اور مر مٹنے والے باپ کی آغوش سے کھینچ لوں؟"

"ہم ابا حضور سے بات کریں گے، وہ بہت نرم دل ہیں۔"

"ابا حضور کی اجازت سے کیا ہوگا؟ اتنی ساری نگاہوں کا سامنا تو مجھ کو کرنا ہوگا نا؟" وہ تیزی سے بولی "میں آپ سے کہہ رہی ہوں کہ میں خود آپ سے شادی نہیں کرنا چاہتی ـــــ یہی میرا فیصلہ ہے۔"

اور دونوں ہاتھوں سے مونہہ چھپائے روتی ہوئی باہر نکل گئی۔

اُس رات شمع اپنے بابا کی کوٹھری میں گئی اور جاتے ہی بچوں کی طرح پھوٹ پھوٹ کر رونے لگی۔

"بابا، مجھے دولت چاہیے بابا ـــــ میں نے آج تک کبھی کسی چیز کی آپ سے ضد نہیں کی۔ لیکن بابا اب میں آپ سے سونے کے ڈھیر مانگتی ہوں۔"

مرزا صاحب نے حیران ہو کر اُسے دیکھا۔ وہ روئے جا رہی تھی۔

" بابا اتنے برسوں سے آپ اس محل کی زمین داری کے حساب کتاب دیکھ رہے ہیں۔ بابا اتنی ایمان داری کی بھی کیا ضرورت تھی۔ آپ چاہتے تو محلے دو محلے کھڑے کر سکتے تھے، مگر آپ کو اپنی بیٹی سے زیادہ اپنی عاقبت عزیز تھی.....''

"بیٹی ــــ بیٹی" وہ جاگتی ہوئی بیٹی کو یوں جھنجوڑ رہے تھے، جیسے وہ گہری نیند میں ہو" تمہاری طبیعت تو ٹھیک ہے نا بیٹی ؟''

ایک دَم شمع چونک سی گئی۔"بابا ــــ میں اچھی ہوں بابا ــــ میں کچھ پاگل سی ہو گئی ہوں۔ مجھے معاف کر دیجئے بابا ــــ آپ میری کسی بات کا بُرا نہ مانئے گا۔ آپ ایک ہی تو ہیں دُنیا ہیں، جسے میں جو چاہوں کہہ سکتی ہوں ــــ لیکن آپ سے کیا کہوں بابا ــــ سب کچھ کہہ کر آپ کا دِل دُکھاؤں تو کیسے": اچانک وہ اسی تیزی سے اُٹھی اور" بہت رات بھیگ گئی بابا ــــ آپ کو نیند آ رہی ہو گی سو جائیے" کہہ کر انہیں حیران چھوڑ کر وہ اسی بدحواسی کے عالم میں باہر نکل گئی۔

دُوسرے دِن ــــ پہلی بار چھوٹے سرکار مرزا منصور احمد سے ملے۔

" بابا میں بہت شرمندہ ہوں کہ آپ سے اس سے پہلے نہ مِل سکا۔

" بابا ؟'' انہوں نے حیرت سے اس عالی شان محل اور بے پناہ جاگیر کے ولی عہد کو دیکھا ــــ سارا محل انہیں منصور میاں کہہ کر پکارتا تھا۔ اس میں بچے بڑے کی کوئی تخصیص نہ تھی۔ آج چھوٹے سرکار کے مونہہ سے اپنے لئے "بابا'' جیسا محبت بھرا لفظ سُن کر وہ پگھل سے گئے۔

" آپ بھی کمال کرتے ہیں سرکار۔ آپ مجھ سے معافی مانگ رہے ہیں! کیوں مجھے گناہ گاروں میں شامل کئے دیتے ہیں آپ"

" بابا، آپ تو دِلی کے رہنے والے ہیں نا ــــ پھر آپ حیدر آباد دکن میں کیسے

چلے آئے؟"

"سرکار ـــــ آپ کے والد صاحب ایک بار دہلی تشریف لائے تھے۔ اُس زمانے میں سابق دیوان صاحب نے ایک عظیم رقم خُرد بُرد کردی تھی جس کی وجہ سے بڑے نواب صاحب حددرجہ پریشان تھے اور اپنی پریشانی کا اظہار انہوں نے میرے مالک سے کیا تھا ـــــ محمد ضیاءالدین میرے مالک۔ بڑی خوبیوں کے حامل بُزرگ تھے۔ اُنہوں نے نواب صاحب سے کہا تھا۔ "ہم آپ کو ایک ایسا ایماندار آدمی دیتے ہیں جس پر آپ اپنی ذات کی طرح بھروسہ کرسکتے ہیں۔" ان الفاظ نے میری قدر و قیمت میری نگاہوں میں بھی اُونچی کردی۔"

"اور یوں آپ اپنے خاندان سمیت یہاں چلے آئے۔

"خاندان کیسا بیٹا۔" وہ دُکھ سے بولے۔ "میری اہلیہ کا انتقال تو مدت ہوئے ہو چکا تھا۔ ہماری شادی کے کئی برس بعد اللہ نے ہمیں ایک بچی سے نوازا تھا ـــــ اس وقت وہ بارہ سال کی تھی ـــــ تب سے ہم یہیں ہیں ـــــ سات برس سے۔"

"ہم نے سُنے تھے کہ آپ کی بیٹی کی شادی ہو چکی ہے؟"

"جی ہاں حُضور ـــــ اور وہ شوہر کا مونہہ دیکھنے سے پہلے بیوہ بھی ہوگئی برات عقد خوانی ہوتے ہی روانہ ہوگئی تھی۔ ابھی دُلہن دُولہا نے ایک دوسرے کو آنکھ بھر کر دیکھا بھی نہیں تھا۔ . . . . . ." وہ مونہہ پھیر کر آنکھیں خشک کرنے لگے ـــــ "اللہ نواب صاحب کو اچھا رکھے ـــــ انہوں نے ہی شادی کے لئے پانچ سو روپے کی خطیر رقم عنایت فرمائی تھی۔ شادی ہم نے وطن جاکر کی تھی۔ نواب صاحب کو اس حادثے کا علم ہوا تو انہوں نے پھر ہم دونوں باپ بیٹی کو واپس بلوا لیا۔"

تھوڑی دیر بڑی دردناک خاموشی چھائی رہی۔ پھر منصور احمد ہی بولے:

"تب سے بٹیا بڑی اُداس زندگی گزار رہی ہے۔ پہلے ہی اُسے یہ احساس مارے ڈالتا تھا کہ اس کے پیدا ہوتے ہی ماں مرگئیں ——— دوسرا داغ اس کی زندگی پر یہ لگا ——— مگر بٹیا بڑی صابر بچی ہے ——— زندگی غریبی میں گزاردی — کبھی کسی چیز کی فرمائش کی، نہ کسی کمی کا گلہ ———" پھر وہ ذرا غم ناک سی ہنسی ہنس کر بولے "لیکن پتہ نہیں کل رات اُسے اچانک کیا ہوگیا تھا۔ میرے گلے لگ کر رو رہی تھی اور کہہ رہی تھی کہ بابا مجھے سونے کے ڈھیر چاہئیں"۔

چھوٹے سرکار دہل کر کھڑے ہوگئے "بابا" وہ اتنا ہی کہہ سکے۔

"آپ کی طبیعت تو ٹھیک ہے نا حضور"، منصور احمد پریشانی سے بولے۔

"بابا ہمیں آپ کی بیٹی بہت پسند ہے"! وہ جلدی سے کہہ گئے۔

بابا کا دل ڈوب گیا ——— سارا معاملہ ان کی سمجھ میں آگیا ——— سونے کے ڈھیر کی انہونی فرمائش ان کے دل و دماغ پر ہتھوڑے چلانے لگی ——— بٹیا رانی کی رات والی آہ وزاری اور کشمکش ان کی سمجھ میں آگئی۔ انہوں نے سوچا۔ چھوٹے دلاسوں سے اچھا ہے کہ بات یہیں ختم کردی جائے:

"لیکن حضور آپ نے کبھی اپنی آسمان جیسی عظیم شخصیت کو بھی دیکھا ہے؟"

"ہم آپ کا مطلب سمجھتے ہیں بابا۔ لیکن آپ نے بھی کبھی آبشار دیکھا ہے؟ سربلند سرکش، کتنی اونچائی سے نکلتا بہتا ہے، لیکن سر پٹختا ہے نیچے آکر زمین کے قدموں میں!" اور وہ تیزی سے اُٹھ کر چلے گئے۔

بابا نے دونوں ہاتھوں سے اپنا سر پکڑ لیا۔

بڑے سرکار کی شاندار خواب گاہ میں صرف تین نفوس بیٹھے ہوئے تھے۔ خود بڑے سرکار، بڑی پاشا اور چھوٹے سرکار۔

بڑے سرکار نے سرسری انداز میں بات شروع کی۔ "بیگم آپ بول رہے تھے نا کہ چھوٹے پاشا کی شادی اب کرہی ڈالنا۔"

"ہور نئیں تو کیا ـــــ میں تو اب شگن کے اشرفیاں ہور مٹھائی لے کو اختدار یار جنگ کے وہاں جا اچ رئی ہوں۔"

"بیگم ـــــ" انہوں نے کھنکھار کر گلا صاف کیا۔ جو پہلے ہی سے صاف تھا "مگر کبھی چھوٹے پاشا کو کوئی لڑکی پسند ہوئی تو؟"

"خاندان برو بر ہوا، ہڈی خون ہمارے جیسا برابری کا ہوا، لڑکی آنکھ ناک سے درست رہی ہور پیسہ جاگیرا اپنے جیسے توڑ کا ہوا تو کیوں نئیں ان کی بات سنوں گی۔"

"ان میں سے ایک بھی بات نئیں ہوئی پر لڑکی پڑھی لکھی، سلیقہ مند، حسین و جمیل ہور مگر غریب ہوئی تو؟"

"تو مٹی ڈالو اس پو ـــــ ہم ناکیا بیٹیاں کی کمی ہے کیا؟" وہ چلائیں۔

"مگر میں سنا ہوں کہ اختدار جنگ کی بیٹی اتی خوب صورت تو نئیں۔" نواب صاحب دھیرے سے بولے۔

"رنگ تو کتنا گورا ہے، بس ذرا موٹی ہے۔ جس کی وجہ سے ناک گالوں میں دب کو لگتی ہے۔ پر اس سے کیا فرق پڑتا جی ـــــ ہم نا اس کی ناک سے شادی کرنا ہے کیا؟"

چھوٹے سرکار کے تصور میں وہ تیکھی، اونچی اور غیور ناک ابھر آئی جو دو صبیح، ملائم اور گلابی گلابی گالوں کے بیچ، ان کے ایمان کو رہ رہ کے ڈگمگاتی رہتی تھی۔

"پیسے کی تو اللہ ہمیں بھی کوئی کمی نہیں رکھا۔ کیا مضائقہ ہے اگر ہم دونوں باپ بیٹے کی مرضی دیکھتے ہوئے شمع کے بارے... ..."

دھڑسے بیگم صاحبہ اپنے چاندی کے بڑے سے پاندان پر لڑھک پڑیں۔ ان

کی حیرت کا یہ شدید ردِعمل تھا کہ مونہہ سے کوئی بات ہی نہ نکلی۔ اور وہ بے ہوش سی ہوکر گر پڑیں ــــــ اُدھر سے باپ، ادھر سے بیٹے دونوں لپکے اور اُنہیں سہارا دے کر اُٹھایا۔

"امّی جان ــــ امّی جان! آنکھیں کھولئے۔ آپ کی طبیعت تو ٹھیک ہے"

"بیگم ــــ بیگم! ذرا ہوش میں آیئے... ... بات تو سُنئے۔"

بڑی پاشا نے اپنے جاتے ہوتے ہوش وحواس کو پھر سمیٹ لیا۔ اپنے گلے کا دوپٹہ اُتار کر پھر گلے میں یوں ڈالا کہ اس میں پیچ پڑ گیا۔ پھر اُنہوں نے دوپٹے کا ایک سرا شوہر کے اور دوسرا سرا بیٹے کے ہاتھوں میں دے کر کہا۔ "خوب زور زور سے اپنی اپنی طرف کھینچو، اِتنا کہ میرا دَم نِکل جائے ــــ ہور جب میں مرجاؤں تو پھر جس کو جی چاہے بیاہ کر لاؤ ہور رانی بنا کو یہ محل میں بٹھاؤ۔"

چار مجبور نِگاہیں آپس میں ملیں اور جھک کر رہ گئیں۔

ڈرتے ڈرتے پھر بڑے سرکار نے زبان کھولی " مگر بیگم، آفتاب میاں مونہہ سے ادب کے مارے نہیں کہہ سکتے، پر وہ ان کو بہت پسند آگئی ہے..."

بڑی بیگم نے بات کاٹ دی۔ "اُئی پسند آگئی تو اس میں کیا خباحت ہے؟ اس کو رکھیل بنا کر رکھ لیو۔ مذہب سے بھی لونڈی باندی کی اجازت ہے ــــــ دیوان صاحب سے ہزار پانچ سودے کو خرید لیو۔"

"امّی جان۔" چھوٹے پاشا اتنی زور سے چلاّئے کہ خواب گاہ تو خواب گاہ پورا شیش محل تھرّا اُٹھا ــــ نواب صاحب پیٹھ پھیرے کھڑے تھے۔

"تو اتّی سی بات کے واسطے بٹیا تم اتنے دِنوں سے شادی سے بھاگ رہے تھے ــــ؟" وہ اسی بے حسی سے بولے گئیں: "محل کے لونڈیاں باندیاں تو مالکوں کی اپچ ملکیت ہوتے۔ دیکھنا تھوڑے دِناں بعد اِچ تمہارا اس سے دِل بھرجائیں گا۔

آخر کو بیاہتا بیاہتا اِچ ہوتی —— میں کل شگن لے جا رہی" وہ اٹھ کر چلی بھی گئیں، مگر آفتاب یوں ہی بیٹھے رہے، اور نواب صاحب یوں ہی ہکے بکے سے کھڑے رہے۔ بیگم کے جانے کے چاپ سن کر انہوں نے اپنا چہرہ گھمایا، اور بیٹے سے بولے "بیٹا آج تمہاری ماں جس اخلاقی گراوٹ کا ثبوت دیئے اس کے سامنے ہم اور تو کچھ نہیں کر سکتے، مگر ہم کو اپنے دبدبے اور شاہی خون کی قسم ہے کہ آج سے ہم زنانے میں جانا موقوف کرتے ہیں۔ وہ مکروہ الفاظ ہم زبان سے نکالنا بھی نہیں چاہتے، مگر یہ سمجھ لو کہ آج سے ہم سارے رشتے توڑ ڈالے"

دوسرے ہی دن بڑی پاشا خوشی خوشی شگون کی اشرفیاں، گیارہ جوڑے بیلے اور مٹھائی اور پان لے کر نواب اقتدار جنگ کے ہاں پہنچ گئیں۔

اس رات دودھ لے کر شمع چھوٹے سرکار کے کمرے میں پہنچی تو وہ ٹھٹک گئی —— چھوٹے سرکار جلدی جلدی بے چینی کے سے عالم میں ایک سوٹ کیس میں اپنے کپڑے بھر رہے تھے۔

وہ بناوٹی مسکراہٹ کے ساتھ بولی: "سفر کی تیاری ہو رہی ہے"

وہ چونک کر پلٹے "ہاں شمع ——" وہ ایک ٹھنڈی سانس لے کر بولے۔ "ہم اس محل سے جا رہے ہیں —— پہلے سوچے تھے کہ اس دنیا سے ہی چلے جائیں لیکن پھر خیال آیا کہ ممکن ہے کہ خدا کو کبھی رحم آجائے اور زندگی میں وہ کبھی نہ کبھی ہمیں ملا ہی دے۔ اسی ایک کشش نے موت کی چاہ کو دور کر دیا"

"اور یہ بھی ایک لمحے کو سوچا کہ آپ کے جانے کے بعد میرا کیا ہوگا؟ سب ہی سوچیں گے نا اور غلط نہیں سوچیں گے کہ میری ہی وجہ سے آپ کو دیس نکالا ملا —— کیا میں زندہ رہ سکوں گی؟"

قمیص چھوٹے سرکار کے ہاتھ سے چھوٹ گری ——— وہ بچوں کی طرح سسک پڑے۔

"تم بتاؤ شمع میں کیا کروں ؟ ——— میں کیا کروں ——— ؟ خدا نے ہمیں یہ کس امتحان میں ڈال دیا ."

"آپ شادی کر لیجئے ——— سب سے اچھی بات یہی ہے ۔ ماں کا دِل توڑ کر آپ کو اِس دُنیا میں خوشی ملے گی ، نہ عاقبت ہی سدھرے گی ."

" اور امّی جان کو میرا دِل توڑ کر خوشی اور عاقبت دونوں مِل جائیں گے وہ طنز سے بولے ۔

" ماں کا درجہ اس سے بھی کہیں بُلند ہے قبلۂ عالم ." وہ دُکھی لہجے میں بولی۔

" میں نے ماں کی محبت نہیں دیکھی تو کیا ہوا ، اس محبت کو محسوس تو کر سکتی ہوں ——— محبت کی اس کمی نے ہی اس عظمت کو سوچنے کا حوصلہ دیا ہے ."

وہ غصّے سے بولے " تو مطلب یہ کہ میں شادی کر لوں ۔ دُولہا بن کر تمہاری آنکھوں کے سامنے گھوموں ، دُلہن کے ساتھ کمرے میں بند ہو کر رنگ رلیاں مناؤں اور باہر آکر تمہیں جلاؤں ."

" قبلۂ عالم ——— جلنا تو میرا بھی مقدر ہے اور آپ کا بھی ——— آپ آفتاب ہیں اور میں شمع ——— دونوں ہی جلنے کے لئے ہیں ———" پھر وہ کچھ رُک کر بولی ۔

" مگر ایک خوشی پھر بھی ہے کہ جلتے ہیں مگر دوسروں کو روشنی بھی تو دیتے ہیں ."

اور وہ روتی ہوئی کمرے سے باہر نکل گئی ۔

شادی کے دوسرے دن قاعدے کے مطابق دُلہن کے سُہاگ کا جوڑا نندوں میں بانٹ دیا جاتا ہے ۔ دوپٹہ ، کُرتا ، غرارہ ——— نندیں بھی تین ہی تھیں ، مگر

بیگم صاحبہ کڑک کر بولیں "شمع بھی تو آفتاب میاں کی بہن ایج ہے۔ دوپٹہ بہت لمبا ہے اس کے دو ٹکڑے کر کے ایک اس کو بھی دیدو۔"

دُلہن کی نگاہوں سے بے پرواہ ہو کر آفتاب میاں بولے "معاف کیجئے امی جان شمع میری بہن نہیں ہے، نہ اُسے اس اترن کا حق دار سمجھئے۔"

ساس، نندوں، سسرالیوں کا لحاظ ادب کئے بغیر دُلہن نے دھیمی مگر تلخ آواز میں دُولہا سے پوچھا: "بہن نہیں تو کون ہے وہ اُجاڑ ماری؟"

"جو بھی سمجھ لو ——" انھوں نے دھیرے سے جواب دیا اور مسند سے اُٹھ گئے ——

شادی کا پہلا ہفتہ تو اس طرح گزرا کہ چونکہ شمع بیوہ تھی اور نئی دُلہن پر بیوہ کی منحوس پرچھائیں تک نہیں پڑنا چاہئے۔ اس لئے اسے دُلہن کے کمرے تک پھٹکنے بھی نہیں دیا گیا —— دُلہن نے نویں دِن اُسے دیکھا —— اور جس دِن دیکھا اس طرح دیکھا کہ سلفچی اور لوٹا لئے اسے دُولہا دُلہن کے ہاتھ دُھلوانے بھیجا گیا تھا۔ نیچے سلفچی رکھے جب وہ لوٹے سے پانی کی دھار انڈیل رہی تھی تو دُلہن ایک ٹک اسے مبہوت ہو کر دیکھے جا رہی تھی۔ لوٹا لئے وہ جھکی کھڑی تھی۔ لانبے لانبے بال جھکنے کی وجہ سے زمین سے چھو رہے تھے —— سفید پاجامے، سفید کرتے سفید دوپٹے میں اس کا سفید اور گلابی چہرہ تمتما رہا تھا۔ بڑی بڑی آنکھیں نیچی تھیں، مگر آنکھیں نیچی رہنے سے کیا ان کا جادو دگنا نہیں ہو جاتا۔ جن ہاتھوں میں اس نے لوٹا پکڑ رکھا تھا ان ہاتھوں کی انگلیاں مومی شمعوں کی طرح فروزاں تھیں اور شاید یہ سرخ سرخ نگینوں اور یاقوتوں جیسے ناخنوں کی سرخی ہی تھی جو اس کے چہرے کو آنچ دے رہی تھی۔

دُلہن ہاتھ دُھلوا رہی تھی، لیکن اس حال میں چہرہ جو اوپر اٹھا تو بس شمع کو

سینکے ہی گیا —— پانی بہہ بہہ کر کہنیوں تک جا پہنچا، اور لانبی آستینوں والے کُرتے کا کار چوب اور گوٹا تر بتر ہو گیا —— گیلے پن کو محسوس کر کے وہ چونکی اور جھلا کر بولی "اندھی ہے کیا؟ دکھتا نئیں کیا۔ میرا اِتّا بھاری کار چوب کا کُرتا ستیاناس کر دی اُجاڑ ماری۔"

سرکار آفتاب دیوان پر بیٹھے تھے، وہیں سے بولے "تم تو کُرتے کی بات کرتے حسن میں وہ طاقت ہوتی ہے کہ دیکھنے والوں کی اُنگلیاں بھی کٹوا دیتا ہے۔"

دُلہن نے تِنّا کر اپنے دُولہا کو دیکھا اور بھڑے وزنی سلیپر اُٹھا کر شمع کے پیروں پر دے ماری ——

"یہ حرام زادی اِتّی پیاری تھی تو پھر میرے کو کائے کو لائے بیاہ کو —— جب ہی اس دن بولے کہ شمع کو دوپٹہ مت دیو، اُنے میری بہن نئیں —— جس کے سنگات بستر گرم کرے سو بہن ہوئیں گی بھی کیسی ——"

شمع دونوں ہاتھوں سے مونہہ چھپائے، روتی ہوئی تیزی سے بھاگ گئی

چھوٹے سرکار بے پناہ ضبط کے ساتھ بولے "شہزادی پاشا —— وقت مہربان بھی ہے اور جلاد بھی —— اس لمحے سے ڈرو کہ وقت تم پر نامہربان ہو جائے اور اپنے انصاف کی تلوار تمہاری گردن پر چلا دے۔"

بڑی پاشا اپنے فرض سے سبکدوش ہو چکی تھیں۔ بیٹے کی شادی ان کی زندگی کی اصل خوشی تھی، سو وہ پوری ہو چکی تھی —— ان کا فرض پورا ہو چکا تھا اور بہو کو انھوں نے بیٹے کا نگراں بنا دیا تھا —— اس طرح گھریلو زندگی کی پکڑ بھی انھوں نے ڈھیلی کر دی تھی۔ یوں بھی بہویں آ جاتی ہیں تو ساسیں آپ ہی گدی چھوڑ دیتی ہیں —— سب کچھ دُلہن بیگم کے ہاتھوں میں آیا تو سب سے پہلے ہستی جو اُن کے

عتاب کا نشانہ بنی وہ شمع تھی۔ بڑی بیگم کا شمع سے جلنا، چڑنا، خفا رہنا اس لئے تھا کہ وہ اسے منحوس سمجھتی تھیں اور ہر مبارک کام سے اُسے دُور دُور رکھنا چاہتی تھیں۔ وہ دیوان کی بیٹی تھی، اور دیوان صاحب سرکار کے ایک اہم کارکُن تھے۔ اس لئے بڑی پاشا اُسے نکالنے کی تو سوچ ہی نہیں سکتی تھیں۔ گالی گلوچ دے کر ہی تسلی کر لیتی تھیں۔ پھر ایک ڈر بیٹے کی آمد کے بعد پیدا ہوا تھا کہ اُسے کہیں بیوی کا درجہ نہ دیدے۔ سو وہ خدشہ بھی دُور ہوا —— اب دُلہن بیگم کے ہاتھوں میں جو باگ ڈور آئی تو ان کی نظر میں تو شمع ان کی زندگی کا کانٹا جیسی تھی —— دن رات کی وہ تخ تخ پخ پخ شروع کی کہ شمع کے لئے جینا مُشکل ہو گیا۔ شمع پہلے ہمیشہ زنان خانے میں اور اپنی کوٹھری میں ہی رہتی تھی لیکن چھوٹے سرکار کی شادی اور دُلہن بیگم کی خوف ناک نگاہوں سے بچنے کے لئے اس نے اپنے بابا کی آغوش میں پناہ ڈھونڈھ لی تھی۔ وہ چادر اوڑھ کر مردانے میں ہوتی ہوئی بابا کے کمرے میں پہنچ جاتی۔ اور اکثر وہیں پڑی رہتی —— روتے روتے اکثر باپ سے پوچھتی:

"بابا مجھے بہت سارا روپیہ کیوں نہیں دیا آپ نے؟"

منصور احمد ترس بھری نگاہوں سے اسے دیکھتے، مگر کچھ بول نہ پاتے —— چھوٹے سرکار کی ان کی بیٹی سے والہانہ محبت، مگر مجبوریوں کے آگے سر جھکا دینے کی بے بسی اُن پر ظاہر تھی —— مگر جس دھوم دھڑکے سے اکلوتے بیٹے کی شادی بڑی بیگم نے کی تھی۔ اس نے انہیں سر سے پاؤں تک ہلا کر رکھ دیا تھا —— ایسے امیر کبیر گھرانے میں ان کی بیٹی زبردستی قبول بھی کر لی جاتی تو کیا حشر ہوتا؟ اس کی کیا عزت ہوتی؟ وہ دِل کو یہی سمجھاتے —— "جو کچھ کرتا ہے خُدا کرتا ہے اور خُدا جو کچھ کرتا ہے اچھا ہی کرتا ہے۔" لیکن بیٹی پتہ نہیں کس انداز سے سوچتی تھی اور اب اس کے اس مطالبے میں بھی شدت آتی جا رہی تھی۔ پہلے وہ یہ پوچھا کرتی

تھی۔ بابا آپ نے مجھے سونے کے ڈھیر کیوں لا کر نہیں دیئے کہ میں اپنے دل کی خوشی خرید سکتی ۔" اب وہ کہتی تھی بلکہ ضد کرتی تھی " بابا مجھے دولت چاہیئے —— بابا مجھے دولت چاہیئے —— بابا مجھے اتنی دولت چاہیئے کہ میں سونے چاندی کے ڈھیر میں ڈوب کر، دب کر رہ جاؤں ۔"

بابا کا دِل دُکھ جاتا۔ سوچتے بچپن سے جوانی تک ہر ہر قدم پر ناکامیوں اور نامرادیوں کے داغ ہی بٹیا کو ملے۔ ایسے میں دُنیا کی سب سے انمول اور عظیم خوشی ایک کنوارے مَرد کی پہلی محبت اس نے پائی تو اس کے دِل کی خوشی کا کیا ٹھکانا۔ لیکن افسوس کہ غربت نے وہ خوشی بھی چھین لی —— آج اگر اسی حُسن، سلیقے اور تعلیم کے ساتھ دولت بھی ہوتی تو بڑی سرکار شمع کو رد کر دیتیں ؟ شاید بٹیا کا مطالبہ بجا بھی ہے لیکن اب —— اب سب کچھ اُجڑ جانے، لُٹ جانے کے بعد اسے سونے چاندی کے ڈھیر مل بھی جائیں تو ان سے وہ کیا خرید سکے گی ؟"

ان کے اس سوال کا اس کے پاس کوئی جواب نہ تھا۔ اور یہ سوال وہ بیٹی سے کر بھی چُکے تھے " بیٹی جسے خریدنا چاہتی تھی ، وہ بِک گیا —— اب اگر تُم قارون جیسی دولت بھی جمع کر لے تو کیا خریدے گی بٹیا !"

لیکن شمع کی وہ رَٹ بدستور قائم تھی۔ ایک دِن تو مرزا منصور احمد دہل اُٹھے شمع محل سے ہو کر آئی تھی، پتہ نہیں وہاں دُلہن بیگم سے کچھ بات ہو گئی تھی یا بڑی پاشا سے کہ اس کا رُواں رُواں سُلگ رہا تھا۔

" بابا اگر میں امیر ہوتی یا اگر آپ دولت مند ہوتے تو مجھے یہ سب کچھ دیکھنا نہ پڑتا۔ اب تو سب کچھ کھو گیا بابا لیکن دِل کی ابھی بھی یہی حسرت ہے کہ کاش میں پیسے والی ہوتی بابا ۔" وہ سِسک سِسک کر رونے لگی۔

بابا نے اب تک زندگی میں جتنے ضبط اور صبر کا مظاہرہ کیا تھا، برداشت کی

جن حدوں تک وہ پہنچ سکے تھے، آج اس کی انتہا ہو گئی تھی۔

"میری بیٹی نے آج تک کوئی خوشی نہیں دیکھی، کوئی سکھ نہیں پایا۔ اب جب کہ اس کا سب کچھ ہی ختم ہو چکا ہے، وہ دولت کی خواہش کرتی ہے۔ تو میں اُسے کم سے کم یہ خواہش تو ضرور دوں گا، اور اسی کی بدولت دوں گا"

رات کی خاموشی میں اُنھوں نے اپنا سامانِ سفر تیار کیا اور اپنے محسن اور مالک بڑے سرکار کے نام ایک چٹھی چھوڑ کر روانہ ہو گئے:

میرے آقا —— میرے محسن!

رات کے اندھیرے میں آپ سے مونہہ موڑ کر جا رہا ہوں خدا کا شکر ہے کہ آپ سے کسی معاملے میں شرمندہ نہیں، کتنی ہی بار ایمان ڈگمگایا۔ کتنی ہی بار شیطان نے ورغلایا، لیکن آپ کی ایک پائی کو بھی میں نے ہاتھ نہیں لگایا۔ دس روپے ماہانہ اور سالانہ دو جوڑے اور پیٹ بھر کھانا، میرے اور میری بیٹی کے لئے زندگی کی معراج بنے رہے۔ میں آج بھی مطمئن ہوں۔ لیکن اب میں اپنی بٹیا کا دامن ہیرے موتیوں سے بھرنا چاہتا ہوں —— آپ سے ملے بغیر رات کے اندھیرے میں جانے کی صرف ایک ہی وجہ ہے کہ آپ کے سامنے جاؤں گا تو آپ اپنے جاں نثار کو روک لیں گے۔ اب میں یہاں رہنا بھی نہیں چاہتا اور بھیک پر خوشیاں سمیٹنا بھی نہیں پسند کرتا —— خدا گواہ ہے اور شاید اسی بات پر وہ مجھے بخش بھی دے کہ آپ کے ساتھ میں نے کوئی بے ایمانی نہیں کی ——"

امراؤ جان کی محفل اپنے پورے شباب پر تھی۔ جب دروازے پر دستک ہوئی ——

بڑے سے ہال کمرے میں سلیقے سے گدّوں پر مخملیں مسندیں بچھی ہوئی تھیں۔ چھتوں پر دیوارگیریوں کے ساتھ فانوس جگ مگ کر رہے تھے۔ معززینِ شہر اس در پر جبہ سائی کرتے تھے۔ ان کے قدموں کے لئے فرش گیریاں سُرخ مخمل کی بچھائی گئی تھیں۔ ایک کونے میں ایک مخصوص گدیلے دار مسند پر امراؤ جان کی نشست تھی۔ چاندی کے پاندان اور اگالدان کے ساتھ ایک تجوری بھی تھی، جس میں رات بھر کی آمدنی محفوظ کی جاتی۔

اونچے اونچے سُروں، سازوں کے شور، ڈھولک کی تھاپ اور واہ واہ کے نعروں میں بھی دستک اتنی زور سے دی گئی تھی کہ امراؤ جان چونکی ہو گئیں —— ہاتھ کا ایک اشارہ ہوا۔ ساز موقوف ہوئے اور امراؤ جان بذاتِ خود دروازے پر تھیں —— موتی دار لڑیوں والا پردہ چھن چھنایا اور دروازہ پاٹوں پاٹ کھل گیا امرائے شہر بھی مڑ مڑ کر دیکھنے لگے۔

ایک باریش بزرگ جھکی ہوئی نگاہوں کے ساتھ کھڑے تھے۔ ساتھ میں چادر میں لپٹی ہوئی کوئی خاتون تھیں۔

امراؤ جان نے ایک لمحے کو بڑے غور سے اجنبی کی طرف دیکھا —— پھر ان کی آنکھوں میں پرانی جان پہچان کی چمک پیدا ہوئی اور ہونٹ مسکرانے پر آمادہ ہوئے ——

"آپ مرزا صاحب؟"

"جی بیگم صاحبہ۔" وہ مشکل سے آنکھیں اوپر کر سکے۔ "حیرت ہے اتنے برس بعد بھی آپ نے پہچان لیا۔ آپ کی ذہانت قابلِ قدر ہے۔"

امراؤ جان نے تجسّس اور اشتیاق کے ساتھ پردہ دار خاتون کی طرف دیکھتے ہوئے پوچھا "میرے لئے کوئی تحفہ؟"

مرزا صاحب نے جھجک کر جواب دیا "جی۔ جی ہاں"

"کون ہے؟"

"وہ بڑی تکلیف سے بول سکے "جی میری اکلوتی بیٹی ——"

"بیٹی؟ آپ کی بیٹی؟" امراؤ جان چیخنے کے سے انداز میں بولیں "مرزا صاحب یہ میں کیا سن رہی ہوں؟"

"آپ غلط نہیں سن رہی ہیں بیگم صاحبہ" وہ نیچے دیکھتے ہوئے بولے۔

امراؤ جان نے ایک ایک لفظ پر زور دیتے ہوئے کہا: "مرزا صاحب سر کو اونچا کیجئے اور میری آنکھوں میں آنکھیں ڈال کر جواب دیجئے —— کیا آپ یہاں اپنی خوشی سے آئے ہیں؟"

مرزا صاحب خاموش ہو گئے۔ امراؤ جان نے چادر کھینچ لی —— اور جیسے سیاہ ابر میں سے چودھویں کا زرد چاند طلوع ہو گیا، سرتاپا نور کا بدن —— آنکھیں جھکی جھکی —— ہونٹ کپکپاتے ہوئے —— کالے کالے بالوں کا ہالہ چہرے کے گرد نور میں اضافہ کئے ہوئے —— دونوں ہاتھوں سے اپنا بدن چھپائے ہوئے۔

امراؤ جان نے پیچھے پلٹ کر تیزی سے معززین سے کہا۔ "یہاں ایک پردہ دار دوشیزہ کھڑی ہے براہِ کرم اپنی نگاہیں سمیٹ لیجئے"

پھر وہ مرزا صاحب سے مخاطب ہو گئیں۔ "مرزا صاحب —— اس دہلیز پر خدا گواہ ہے جسموں کے سودے ہوتے ہیں، ایمانوں کے نہیں۔ بتایئے آپ کو کس مجبوری نے اس دروازے پر لا کھڑا کیا ہے؟"

مرزا صاحب لڑکھڑاتی زبان سے بولے "کوئی مجبوری نہیں ——"

امراؤ جان نے اپنے بال ہاتھ میں جھکا کر کہا "جانے کتنے ماہ و سال کی کڑی شدت کو ان بالوں نے محسوس کیا ہوگا، تب کہیں جا کر اپنے رنگ کو کھویا ہے —— میں آج سے بیس برس پہلے کی وہ رات اپنی آنکھوں کے سامنے دیکھ رہی ہوں کہ آپ محمد ضیاء الدین کو سہارا دے کر میرے کوٹھے پر لاتے ہیں۔ آپ کے بشرے سے ان کے لئے رحم ظاہر ہو رہا ہے اور میرے لئے نفرت اور کراہیت پھر رات بھیگ گئی ہے۔ آپ نے دالان کے پرلے کونے میں اپنے ساتھ لایا ہوا مصلّٰی بچھا کر عشاء کی نماز پڑھنی شروع کی ہے —— نماز اور طوائف کے کوٹھے پر! مرزا صاحب شرافت اگر دولت سے خریدی جانے والی شے ہوتی تو آج سارے رئیس شریف بھی نظر آتے۔ لیکن یہ دولت، شرافت کی یہ دولت خدا داد ہوتی ہے اور آپ کی دولت آج تک کوئی ڈاکو نہیں لوٹ سکا ہے۔"

مرزا صاحب نے گھبرا کر انہیں دیکھا تو وہ نرمی سے بول رہی تھیں!

"مجھے پتہ ہے آپ کو اس دروازے تک آپ کے قدم لائے ہیں، صرف قدم، دِل نہیں۔ بتایئے یہ قدم ادھر کیوں آئے —— کیوں کہ مجھے پتہ ہے کہ جو سر طوائف کے کوٹھے میں بھی خدا کے حضور جھک جاتا ہے اتنا سر بلند ضرور ہوتا ہے کہ چٹان کو بھی ٹھوکر مار سکے۔"

مرزا صاحب نے بے بسی سے کہا "مجھے دولت کی ضرورت ہے۔ مجھے پتہ تھا آپ ٹبائی پر لڑکیوں کے مجرے کراتی ہیں۔ پانچ سو روپے فی رات بھی آپ طے کرالیتیں تو ڈھائی سو روپے روز کی آمدنی تھی۔"

امراؤ جان نے نفرت سے مرزا صاحب کو گھورا۔ نیچے پڑی چادر اٹھا کر پھر شمع کے جسم پر ڈالتے ہوئے بولیں: "یہ لڑکی —— سیپی میں بند اس پاکیزہ موتی کی

طرح ہے جس پر ابھی تک سورج کی کرنیں بھی نہیں پڑی ہیں۔ آپ سمجھتے ہیں میں اس پر انسانوں کی حریص اور ناپاک نگاہیں پڑنے دوں گی؟ مرزا صاحب جسموں کا کاروبار تو زندگی بھر سے کرتی آ رہی ہوں، آج مجھے ایمان کی دولت خرید لینے دیجئے ——— بیٹی آؤ میرے ساتھ ———" انہوں نے اس کے چہرے پر چادر برابر کی اور اسے برابر کے دالان میں لے کر چلی گئیں ——— "مجرا جاری رہے۔" جاتے جاتے انہوں نے آواز دی۔

ایک کمرے سے دوسرے میں، دوسرے سے تیسرے میں، تیسرے سے چوتھے میں پہنچیں، تب کہیں جا کر ان کی تسلی ہوئی۔

"بیٹی ——— اس کمرے تک گانے بجانے کی آواز نہیں آئے گی تم یہیں رہا کرو ——— اور سنو ادھر کے کمرے کی طرف رخ نہ کرنا۔ شریف بیبیاں ایسی جگہوں پر نظر کبھی نہیں ڈالتیں۔"

شمع کی ہچکی بندھ گئی۔ وہ اس کے قریب آئیں "روتی ہو؟ پگلی مصیبتیں کس پر نہیں پڑتیں؟ ہنسی ہمیشہ آنسوؤں کی پالکی میں سوار ہو کر آتی ہے۔ ہنسنے کے لئے پہلے رونا بھی پڑتا ہے۔ خدا تمہاری مصیبتیں ضرور ٹال دے گا۔ اپنے باپ کو دیکھو، تمہاری وجہ سے وہ کتنی بری طرح دکھی ہیں...... " وہ اس کے آنسو پونچھنے لگیں تو گھبرا کر بولیں "ارے تمہیں تو سخت بخار ہے بیٹی۔"

اب ضبط کے سارے بندھ ٹوٹ گئے تھے ——— وہ ان سے چمٹ گئی۔

"امی ——— میری اچھی امی! میری محبت والی امی!"

"امی" امراؤ جان لرز گئیں ——— امی ——— ماں تو محبت کرنے والی وہ عظیم ہستی ہوتی ہے بٹیا کہ اس کی محبت ہی اس کی عظمت کا باعث ہو جاتی ہے۔ اس کے پیار کی ایک نگاہ، اس کی خدمت ہی، اسے جنت کا اہل بنا دیتی ہے۔ میں بڑی

گناہ گار ہستی ہوں بٹیا۔ میں تو اپنا دامن کتنا بھی جھٹکوں، وہ گناہ آلود ہی رہے گا — تم کیوں مجھے ماں جیسا مقدس خطاب دے کر مجھے جنت سونپ رہی ہو — میں دوزخی اس لائق نہیں بیٹی — مجھے اتنا اونچا نہ اٹھاؤ بیٹی ... ..." لمبے لمبے آنسو ان کی آنکھوں سے بہنے لگے۔

"دو مہینے ہو گئے مرزا صاحب۔ بٹیا کی حالت میں ذرا بھی سدھار نہیں۔ کاش آپ پہلے ہی مجھ سے مِل لئے ہوتے — میں اپنی جان لٹا دیتی لیکن شمع کی شادی آفتاب سے کرا کے چھوڑتی"۔

مرزا صاحب سر جھکائے بیٹھے رہے "مجھے نہیں پتہ تھا بیگم صاحبہ کہ دیر کی تلاش میں نکلا تھا۔ مگر مجھے کعبہ مل جاتے ... ..."

امراؤ جان نے اپنا ہاتھ ان کے مونہہ پر رکھ دیا۔"خدا کے لئے اس کے آگے کچھ نہ کہئے۔ اس سے آگے کچھ نہیں"۔

مرزا صاحب بے بسی سے بولے"میری تو کچھ سمجھ میں نہیں آتا بیگم صاحبہ۔ میں کس طرح شمع کے چہرے پر ہنسی لاؤں"۔

"دُکھوں کے بیج بو کر ہم آنسوؤں کی فصل ہی اُگا سکتے ہیں، مرزا صاحب، اس بے چاری بچی نے ایسا عظیم غم دِل میں پالا ہے کہ ہنسی چھوڑ مسکراہٹ بھی نہیں آسکتی —" پھر وہ پریشانی سے بولیں:" دو مہینے نکل گئے — اب اور کچھ دن دیکھ لوں — پھر حکیم صاحب کا علاج چھوڑ کر میں کسی قابل ڈاکٹر سے رجوع کروں گی"۔

اس عرصے میں امراؤ جان اور مرزا صاحب کو ایک عجیب وغریب پریشانی

سے دو چار ہونا پڑ رہا تھا ——— جمع کو روپیہ جوڑنے کی کچھ ہوس سی ہو گئی تھی ———
امراؤ جان موسمی لانے کے لئے ڈرکر کر پیسے دیتیں تو وہ عجیب سی لجاجت سے پوچھتی
" امی ——— موسمی کتنے پیسوں میں آجائے گی ؟"
" یہی کوئی ڈیڑھ دو روپے میں "
" تو امی وہ پیسے مجھے دے دیجئے نا ——— موسمی کھا کر کیا فائدہ ۔ میں اچھی ہونے سے تو رہی "
امراؤ جان آنسو پونچھتے ہوئے پیسے اس کے حوالے کر دیتیں اور چپکے سے دوسرے پیسوں سے موسمی منگوا کر رکھ لیتیں ۔
باپ دوا لانے کے لئے باہر جاتے دکھائی دیتے تو کہتی " بابا وہ پیسے میرے پاس جمع کرا دیجئے نا ۔ دوا کھا کر میں اچھی تو ہونے والی ہوں نہیں "
اس کے تکئے کے نیچے رفتہ رفتہ نوٹوں ، اٹھنیوں ، چونیوں کا ڈھیر سا لگ گیا ——— امراؤ جان نے پلنگ کے برابر میں ایک میز لگوا کر اس پر ایک چھوٹی سی خوب صورت تجوری رکھوا دی ، اور اس سے کہا " لو بیٹی ، اب اس میں پیسے جمع کرتی رہنا ۔ تکئے کے نیچے رکھنے سے تمہاری نیند میں خلل پڑے گا "
" نیند تو آتی ہی نہیں امی ، پھر خلل کاہے میں پڑے گا ؟" وہ دکھی لہجے میں بولی ———
ایک دن امراؤ جان اس کے جسم کا ناپ لینے لگیں تو وہ حیرت سے بولی :
" ناپ کس لئے ؟"
" میں اپنی بٹیا کے لئے کپڑے جو سلوا رہی ہوں ——— "
" امی ——— وہ پیسے آپ مجھے دیدیجئے نا ۔ میں اپنی تجوری میں رکھ دوں گی "
اپنے دل کے درد کو چھپا کر امراؤ جان بولیں " اگر میں تمہاری تجوری کو ہی

موہنہ تک بھر دوں تو ؟"

"تو پھر میں آپ سے دوسری تجوری مانگ لوں گی اور پھر اسے بھی موہنہ تک بھروں گی"

"مرزا صاحب ——" اس رات اُمراؤ جان نے پریشانی سے کہا "مجھے تو ایسا لگتا ہے کہ بٹیا کا دماغ جگہ سے بے جگہ ہو رہا ہے —— اب میں ڈاکٹر کا ہی علاج شروع کرا دوں گی —— شہر میں ایک نئے ڈاکٹر آئے ہیں۔ کچھ سر پھرے ہیں۔ صرف غریبوں کا ہی علاج کرتے ہیں —— مفت۔ خدا نے ہمیں دو چار پیسے سے خوش رکھا ہے —— ممکن ہے نہ آئیں، اس لئے میں غریبانہ لباس پہن کر جاؤں گی۔ سنا ہے کہ اتنے قابل ہیں کہ لوگ مسیحا کہتے ہیں—— خدا کرے کہ ان کی دوا بٹیا کو لگ جائے اور اسے شفا ہو جائے۔

مریضہ کے کمرے میں ڈاکٹر آفتاب داخل ہوئے تو دونوں ایک ٹک دوسرے کو دیکھتے رہ گئے —— دواؤں کا بکس کب ان کے ہاتھ سے چھوٹ کر گرا کب کس نے انہیں کرسی پر پکڑ کر بٹھایا۔ کب ان کے موہنہ پر پانی کے چھپکے مارے گئے، انہیں کچھ پتہ ہی نہ چلا۔

مرزا صاحب امراؤ جان کو باہر لے کر چلے گئے۔

"قسمت کی خوبی یا خرابی دیکھئے بیگم صاحبہ، جس سے بچنے کے لئے بٹیا کو لئے یہاں وہاں بھاگا بھاگا پھر رہا تھا، وہی بادل یہاں بھی بھگونے آموجود ہوا ——"

"ہر کام میں خدا کی مصلحت ہوتی ہے۔ آپ اس وقت دخل نہ دیجئے۔ اور مدتوں کے بچھڑوں کو کم سے کم جی بھر کر رو تو لینے دیجئے۔"

شمع تو ایسے ایسے حادثے دِل پر جھیل چکی تھی کہ برداشت کی عادی سی ہو گئی تھی ـــــ چھوٹے سرکار کو دیکھ کر وہ حیرت زدہ ضرور ہوئی لیکن حواس سے بیگانہ نہیں۔ کتنا وقت یوں ہی بیت گیا۔ پھر وہ دھیرے سے اُٹھے، اور کرسی چھوڑ کر اس کے چھپر کھٹ کی پٹی سے لگ کر بیٹھ گئے

"تمہیں یوں مجھے اکیلا چھوڑ کر آتے دُکھ نہیں ہوا شمع؟ کتنی ظالم ہو تم؟"

وہ مسکرا کر بولی "اکیلا؟ آپ اکیلے ہیں؟"

ایک غم کا سایہ ان کے چہرے سے ہو کر گزر گیا ـــــ "بعض لوگ اس دُنیا میں اکیلے ہی جیتے ہیں اور اکیلے ہی مر جاتے ہیں۔"

"لیکن آپ بمبئی کیسے تشریف لے آئے؟" شمع نے موضوع بدل کر کہا۔

"تمہارے اور بابا کے جانے کے دوسرے ہی دن میں ابا جان سے پچاس ہزار روپے لے کر بمبئی چلا آیا ـــ یہاں ایک ڈسپنسری کھول لی، اور اپنے غم کو دوسروں کو صحت بانٹ کر ہلکا کرنے کی کوشش کرنے لگا۔ خدا کا شکر ہے کہ پریکٹس چل نکلی۔ یہ بھی مالک کا کرم ہی ہے کہ جسے بھی دوا دیتا ہوں صحت مند ہو جاتا ہے، بس اپنے ہی دُکھوں کا علاج نہیں کر سکا۔" آنسو ان کی آنکھوں میں چمکنے لگے۔

"آپ کو مجھے ایسے ماحول میں دیکھ کر حیرت نہیں ہوئی؟"

چھوٹے سرکار کچھ نہیں بولے، بس اُسے دیکھے گئے۔

"اگر میں آپ سے یہ کہوں کہ میں ایک طوائف بن گئی ہوں، مجرے دکھا کر پیسہ کھینچنے والی، جسم بیچ کر طرح طرح کی بیماریاں مول لینے والی تو ـــــ تو آپ مجھ سے نفرت کرنے لگیں گے؟"

"نہیں ـــــ کبھی نہیں۔" بڑے عزم کے ساتھ چھوٹے سرکار نے جواب دیا۔ "گناہ کرنے والوں کے چہرے اتنے معصوم نہیں ہوتے۔"

شمع تکئے میں منہ چھپا کر رونے لگی۔ "آپ یہاں کیوں آگئے ——— کیوں آگئے ہیں آپ میرا صبر لوٹنے کے لئے۔ میری عاقبت خراب کرنے کے لئے۔ آئندہ سے آپ یہاں کبھی نہ آیئے گا ——— کبھی نہیں؟"

"نہیں آؤں گا ——— لیکن کیا آپ ہمیں اپنے دل سے کبھی نکال سکیں گے؟" وہ دُکھ کے ساتھ بولے۔

وہی ——— بالکل وہی ——— ذرا بھی تو نہیں بدلے تھے وہ، وہی چہرہ مُہرہ، وہی کبھی 'ہم'، کبھی 'میں'، کہہ کر بات کرنے کا دل موہ لینے والا انداز۔ ہائے اس دل کو کیسے اپنے سینے سے نکال سکتی ہوں میں ——— اس نے تڑپ کر سوچا۔

چھوٹے سرکار چلنے کو ہوئے تو وہ بڑی آس کے ساتھ بولی "اب کب آئیں گے آپ؟"

"کل" وہ جاتے جاتے بولے "شام کو۔"

"یہ بھی بتاتے جایئے کہ کل کی شام کتنی صدیوں بعد آئے گی؟"

ایکس رے کی رپورٹ دیکھ کر چھوٹے سرکار سر پکڑ کر بیٹھ گئے ——— شام کو وہ اُمراؤ جان کے گھر آئے تو بابا کو الگ لے جا کر بولے "بابا، غور سے سوچ کر بتایئے گا، آپ کی بیگم صاحبہ کو کبھی دِق کی شکایت رہی تھی؟"

بابا نے اپنا تجربہ کار سر اُوپر اُٹھایا اور بولے:

"بٹیا میری بیٹی کو ورثے میں کیا کیا ملا ہے، اس کی تفصیل مجھ سے کیا پوچھتے ہو ——— بہر حال اتنا یقین دلادوں، کم از کم یہ تحفہ ورثے میں نہیں ملا ہے، یہ شیش محل کے مکینوں کی دین ہے۔"

چھوٹے سرکار ندامت سے سنتے رہے ——— اور بٹیا یہ بھی میں تمہیں بتا دوں کہ اسے دِق ہوگئی ہے، اور آج کل سے نہیں، جب سے اس نے اپنے سینے

میں تمہاری محبت کا روگ پالا ہے تب ہی سے۔ میں باپ تھا، ماں نہیں جو اولاد کا غم بانٹ لیتی ہے، لیکن پھر بھی آنسوؤں کی اپنی ایک زبان ہوتی ہے جو باپ ہو یا ماں، سب سے گفتگو کر سکتی ہے —— اور آخری بات یہ بھی بتا دوں کہ تمہاری دوائیں اب بٹیا پر کوئی اثر نہیں کر سکیں گی —— وہ اپنی منزل کی طرف روانہ ہو چکی ہے۔ آدھا راستہ طے بھی ہو چکا ہے... ...''

''نہیں بابا نہیں ——'' چھوٹے سرکار چلّائے ''ایسی بات مونہہ سے نہ نکالئے بابا۔ میں اپنے فن کا آخری لمحہ بھی اس کی بھینٹ چڑھا دوں گا۔ اور اسے بچا لوں گا۔''

''اور بچا کر کیا کرو گے؟'' بابا نے دکھی لہجے میں پوچھا ''مزید غم جھیلنے کے لئے اسے اچھا کرو گے؟ تمہاری تو شادی ہو چکی ہے —— وہ اب کسی اور سے شادی کرے گی نہیں۔ پھر ایسی زندگی کا فائدہ؟'' اور وہ آستین میں مونہہ چھپا کر رونے لگے۔

کچھ دن اور گزرے۔

چھوٹے سرکار نے جب امراؤ جان سے شمع کو سینی ٹوریم میں لے جانے کی اجازت چاہی تو وہ بولیں ''شمع اگر چاہتی ہے تو شوق سے لے جاؤ۔ میں تو بس اس کی خوشی چاہتی ہوں ——''

''شمع میں تمہیں ایک بہت اچھے ہاسپٹل میں رکھ کر تمہارا علاج کرانا چاہتا ہوں ——'' انہوں نے جان بوجھ کر سینی ٹوریم نہیں کہا۔

''ڈاکٹر صاحب، ہاسپٹل کا خرچ کیا آئے گا؟'' پھر کچھ رک کر خود ہی بولی ——''میں اچھی ہونے سے تو رہی، آپ وہی پیسے مجھے دیدیجئے نا —— میں جمع کر دوں گی!''

چھوٹے سرکار کا دل اندر ٹوٹ کر کرچی کرچی ہو گیا —— ماحول بڑی دیر تک سناٹوں کا شکار رہا —— پھر وہ اُمراؤ جان کی طرف مُڑ کر بولی " اَمّی میں آپ سے ایک درخواست ابھی سے کرتی ہوں مجھے کفن بھی سستے ملکے کپڑے کا دیجئے گا۔ اور جو پیسہ بچے وہ میری تجوری میں رکھ دیجئے گا۔"

اُمراؤ جان، مرزا صاحب، ڈاکٹر صاحب سب ایک دوسرے سے آنکھیں بچا کر اپنی آنکھیں خشک کر رہے تھے۔

" پاگل نہ بنو شمع "۔ چھوٹے سرکار بناوٹی خفگی سے بولے " علاج شروع کرو —— تم جلد ہی اچھے ہو جائیں گے۔"

" اچھی ہو کر کروں گی کیا؟" اس نے کرب ناک انداز میں پوچھا۔

ڈاکٹر آفتاب روتے ہوئے باہر نکل گئے۔

"آپ نے مجھے بتایا نہیں ڈاکٹر صاحب آپ اس طرح محل سے چلے آئے تو ابا حضور اور بڑی پاشا سلامت پر کیا گزری۔

" میں ان سے یہ کہہ کر تو نہیں آیا تھا کہ کہاں جا رہا ہوں۔ بعد میں جان پہچان والوں سے پتہ چل گیا۔"

"پاشا سلامت کے خط تو آتے ہوں گے۔"

" ہاں ——" اُنہوں نے ہاں، کو کھینچتے ہوئے بے پروائی سے کہا: "کل بھی آیا ہے۔ مجھے بُلائے ہیں —— یہ دیکھو"۔ انہوں نے خط اس کے ہاتھ میں پکڑا دیا —— بڑی محبت اور خوشی سے انہوں نے لکھا تھا۔

میرے پیارے بچے —— خدا تم کو بہت ساری خوشیاں بتائے —— تم گئے جب سے کوئی خط نہیں لکھے، ماں باپ کو

بھول گئے کیا بیٹا؟ تمہارے جانے سے محل سُونا دِکھتا۔ بڑے سرکار بھی محل کے اندر نہیں آتے، اُس سے اور بھی اپنا بیٹا محل اُجاڑ دِکھتا۔ تم کو یہ سُن کر خوشی ہوگی کہ دُلہن بیگم کو پانچواں مہینہ چل رہا ہے — ایک آدھ چکر ضرور لگاؤ بیٹا — زچگی کے بعد دُلہن بیگم کو سمدھن بول رہے تھے کہ بمبئی کو بھجوادیں گے۔"

خط پڑھ کر اس نے تکیے کے پاس ڈال دیا — "مُبارک ہو—" اس نے کمزور سی آواز میں کہا۔

بڑی دیر بعد چھوٹے سرکار بولے۔" شمع، تم مجھے ایک جھوٹا آدمی سمجھتے ہو یا سچا؟"

"سچا۔" وہ ایمان داری سے بولی۔

"تو آج میں تمہیں بتاتا ہوں کہ میں آج تک شہزادی پاشا کی اُنگلی تک نہیں چھوا۔"

"جی —" شمع حیرت کے مارے تکیے سے ذرا اُونچی ہوگئی۔" پھر یہ بچہ ؟"

"جب مجھ پر خوشیوں کے دروازے بند کردئے گئے، اور زبردستی شادی کردی گئی تو میں نے طے کرلیا کہ زندگی میں نہیں ملے تو ہر عورت میرے لئے حرام ہے۔ اور خدا کو گواہ بنا کر کہتا ہوں کہ میں آج بھی اپنے عہد پر قائم ہوں۔"

"نہیں — نہیں — نہیں۔" وہ سر پٹخ کر چلائی۔" آپ کو برباد کرنے والی میں ہوں — صرف میں۔ خدا مجھے کبھی معاف نہ کرے۔"

"پاگل نہ بنو شمع — تم کچھ نہیں کئے۔ قسمت میں جو لکھا تھا وہی ہوا۔

اپنے آپ کو ہلکان نہ کرو، ورنہ اور بھی صحت خراب ہو جائے گی۔

مگر شمع کے آنسو رُکنے کا نام ہی نہیں لے رہے تھے۔

ڈاکٹر آفتاب نے اپنی ڈسپنسری کے اوقات بدل دئے ـــــ پہلے وہ صبح دس سے ایک بجے تک اور شام کو پانچ بجے سے رات کے دس بجے تک کام کرتے تھے۔ لیکن اب انہوں نے صبح کے آٹھ سے دوپہر کے دو بجے تک کی بس ایک ہی شفٹ کر دی تھی۔ باقی سارا وقت وہ شمع کے پاس گزارتے۔ ایک بار انہوں نے بابا سے اجازت چاہی تھی کہ شمع کو اپنے گھر لے جائیں۔ سمندر کے کنارے کھلی ہوا بھی رہے گی تو شاید وہ نسبتاً جلد صحت مند ہو جائے۔ مگر بابا نے کہا تھا "بٹیا، بیگم صاحبہ نے جو کچھ کیا وہ صرف خدا ہی جانتا ہے۔ وہ شمع کو اتنا چاہنے لگی ہیں کہ اس کی دُوری برداشت نہیں کر سکیں گی ـــــ کیا تم یقین کرو گے کہ صرف اس لئے کہ بٹیا کی بیماری شور و غُل سے بڑھے گی۔ انہوں نے رات کی محفلیں تک برخاست کر دی ہیں ؟؟"

چھوٹے سرکار پھر کچھ نہ بول سکے۔ مگر وہ یہ دیکھ دیکھ کر ہی کُڑھتے تھے کہ شمع اندر ہی اندر گھُلی جا رہی تھی۔ ایک رات اس کا بخار اتنا تیز ہو گیا کہ بے سُدھ ہو گئی، ذرا سُدھ آئی تو کھانسی کا ایسا شدید دورہ پڑا کہ سانس اُلٹ گیا، اور ساتھ ہی سفید چادر پر خون کی قے ہو گئی ـــــ اُمراؤ جان، مرزا صاحب، چھوٹے سرکار تصویرِ غم بنے دیکھتے رہے ـــــ سب سے عجیب بات یہ تھی کہ شمع نہ دوا کرنے دیتی نہ انجکشن لگانے دیتی، نہ پھل کھاتی، بس ایک ہی رٹ تھی، انجکشن کتنے پیسوں میں آتا ہے ڈاکٹر صاحب؟ چار روپے چھ آنے میں؟ میرے اللہ اتنی بڑی رقم! لائیے وہ روپے مجھے دید یجئے، میں اچھی ہونے سے تو رہی۔"

چھوٹے سرکار اس کے ہاتھ پر پیسے رکھ دیتے اور کہتے "اچھا اب تم نے

پیسے تو لے لئے نا ـــــ اب ہم دوسرے پیسوں سے انجکشن لاتے ہیں تب تو انجکشن لگالیں گے نا تم ؟"

وہ نحیف سی مسکراہٹ سے جواب دیتی ـــــ " لائیے وہ پیسے بھی دے دیجئے ـــــ مرنے والوں کا علاج ہی کیا ـــــ"

ڈاکٹر صاحب کا دل رو اٹھتا ـــــ

اس دن بابا چھوٹے سرکار سے اپنے پرانے دنوں کی پوری داستان سنا رہے تھے ـــــ " بیٹا آپ سے کیا بتائیں وہ کیا تھیں اور ہمارے لئے کیا بن گئیں ـــــ ہمارے پرانے مالک محمد ضیاء الدین ایک بار اپنے کاروبار کے سلسلے میں دہلی سے بمبئی تشریف لائے تھے۔ ساتھ میں ہم بھی تھے کسی نے امیر جان کا پتہ دیا، ہمارے مالک شوقین تو تھے ہی، پہنچ گئے۔ امیر جان نے غزلیں سنائیں ـــــ بڑی شائستہ گفتگو کی۔ سیٹھ صاحب نے کہا" آپ عادات و اطوار میں مرزا رسوا کی امراؤ جان سے ملتی ہے۔ آج سے ہم نے آپ کا نام بدل کر امیر جان سے امراؤ جان کر دیا ـــــ" پھر تو بمبئی بھر میں وہ مشہور ہوئیں کہ پوچھئے نہیں ـــــ سارا زمانہ قدموں میں سر جھکاتا تھا اور یہ ہر ایک کو ٹھکراتی تھیں ـــــ ہمارے سیٹھ صاحب ان کے پیچھے کنگال ہو گئے، سننے میں آیا تھا کہ پائی پائی کو محتاج ہو گئے۔ سب امراؤ جان کو "کھائی" کہتے تھے۔ جسے کتنا ہی بھرو، بھرتی ہی نہیں۔ پھر عمر ڈھلی تو جوان لڑکیاں نچانی شروع کر دیں، ٹھائی پر جسموں کا کاروبار کیا، اور خدا کی شان دیکھئے کہ اسی لالچی عورت نے جس نے ایک بار ہمیں اپنے کوٹھے پر نماز پڑھتے دیکھ لیا تھا، ہماری بیٹی کی خاطر کہ اس کے آرام میں خلل نہ پڑے اپنا کاروبار ہی موقوف کر دیا۔ عورت ایسی بھی عظیم ہو سکتی ہے بیٹے . . . . "

مگر چھوٹے سرکار کو اچانک اپنی امی جان یاد آگئیں ——— انھوں نے تلخی سے دل ہی دل میں انھیں یاد کیا ——— امی جان نے کیسے ارمان بھرے دو جوان دلوں کو آگ لگائی ہے۔ انھیں شمع پر ترس کبھی آیا اور فخر بھی محسوس ہوا۔ امی جان کے ہاتھوں دُکھ اُٹھا کر آج بھی اس کے مونہہ سے کوئی بُرا کلمہ ان کے لئے نہیں نکلتا۔

سامنے سے حواس باختہ اُمراؤ جان چلی آرہی تھیں۔" بٹیا ذرا جلدی سے چل کر شمع کو دیکھ لیجئے ——— پتہ نہیں کیا ہونے والا ہے" وہ آنسو پی کر بات کر رہی تھیں۔

" مرزا صاحب اور چھوٹے سرکار جلدی سے دوڑے۔ شمع کو کھانسی کا دَورہ پڑا تھا۔ خون کی چھینٹیں یہاں وہاں بکھری پڑی تھیں۔

" خدا کے لئے شمع میری بات مانو ——— انجکشن لگوالو ———" ڈاکٹر آفتاب ہاتھ جوڑ کر بولے۔

شمع نے ہاتھ سے انھیں ٹھہرنے کا اشارہ کیا۔ ذرا دَم برابر ہوا تو بولی:

" مرنے والے کو اپنی موت کا پتہ چل جاتا ہے ——— یہ بات آپ میں سے کوئی نہیں جان سکتا۔ یہ صرف میں جان سکتی ہوں۔ کیوں کہ موت کو میں خود سے لمحہ بہ لمحہ قریب تر محسوس کرتی ہوں ——— میں علاج کیوں نہیں کرواتی۔؟ جب قسمت میں جینا ہی نہیں تو پیسہ کیوں ضائع کیا جائے ——— اور بابا آپ مجھ سے ہمیشہ پوچھتے تھے ناکہ میں " پیسہ پیسہ" کیوں کرتی رہتی ہوں۔ بابا میں یہ چاہتی تھی کہ خوب ساری دولت جمع کرلوں اور کسی بھی ایک غریب لڑکی کے لئے چھوڑ جاؤں تاکہ وہ اپنے چاہنے والے سے، اپنے محبت کرنے والے دُور نہ کی جاسکے ——— کم سے کم میری روح کو تو یہ خوشی ملے کہ دُنیا میں کوئی

ایک تو غریب لڑکی اس پیسے کی وجہ سے اپنے محبوب سے مل سکی ۔۔۔ امی آپ کسی ایسی لڑکی کو ضرور ڈھونڈھ نکالئے گا ۔ اس کے مونہہ پر شرم و حیا اور رسم و رواج کے تالے پڑے ہوں گے ـــــ لیکن آپ اپنائیت سے اس سے پوچھئے گا ـــــ جب وہ اپنے دِل کے بھید آپ کے آگے کھول دے تو اس سے کہئے گا کہ تمہاری ہی طرح کی تمہاری ایک غریب بہن تھی، جس نے پائی پائی کر کے یہ دولت جوڑی ہے کہ تم دُنیا میں خوشی خوشی زندگی بسر کر سکو ۔۔۔ ۔۔۔"

اُتھل پتھل سانسوں نے اسے خاموش کر دیا ۔ اور وہ تھک کر چپ رہ گئی ـــــ کوئی بھی کچھ نہیں بول پا رہا تھا ۔ چھوٹے سرکار آسمانوں سے پرے پتہ نہیں کدھر دیکھ رہے تھے ۔

پھر وہ دھیرے سے اُٹھے ، دوسرے کمرے میں جا کر انہوں نے اپنا دواؤں والا بکس کھولا ۔ ایک سرنج میں ایک سیال دوا بھری اور اپنے ایک ہاتھ سے دوسرے ہاتھ میں انجکشن لگا لیا ۔

دھیرے دھیرے چلتے ہوئے چھوٹے سرکار پھر شمع کے کمرے میں آئے اور اس کے پائنتی بیٹھ کر آہستہ سے بولے :

" شمع میں نے تم سے کبھی وعدہ کیا تھا کہ کبھی اس مقدس جسم کو ہاتھ نہیں لگاؤں گا ـــــ ایک بار ہاں لگایا تھا ، صرف نبض دیکھنے کے لئے ـــــ خُدا گواہ ہے آج بھی اپنے عہد پر قائم ہوں ۔ لیکن ابا حُضور ایک بار کہتے تھے کہ خدا جوانی کے گُناہ بخش دیتا ہے ۔ سو آج خدا سے رحم اور بخشش کی دُعا کرتے ہوئے

ان قدموں کو ہاتھ لگاتا ہوں۔ ان پیروں کو ہاتھوں میں لے کر زندگی سے وداع لیتا ہوں—— شمع میری شمع ... ... "

زندگی نے آگے کچھ کہنے کی مہلت نہ دی اور وہ شمع کے قدموں کو تھامے تھامے ڈھیر ہو گئے۔

شمع انہیں یوں گرتے دیکھ کر کمزوری کے باوجود اٹھانے کے لئے خود اُٹھی، لیکن صرف ان کے ہاتھ ہی تھام سکی تھی کہ خود بھی لڑکھڑا کر گر پڑی۔ صرف دونوں کے ہاتھ ایک دوسرے کے ہاتھوں میں جکڑے رہ گئے۔